微 篇 小 说

时 代 记 录

尚
书
房

邓洪卫 著

我就知道这么多

南海出版公司

2020·海口

图书在版编目（CIP）数据

我就知道这么多 / 邓洪卫著 .-- 海口：南海出版
公司，2020.8
　　ISBN 978-7-5442-7362-6

　　Ⅰ.①我… Ⅱ.①邓… Ⅲ.①小小说—小说集—中国
—当代 Ⅳ.① I247.82

　　中国版本图书馆 CIP 数据核字（2019）第 085344 号

WO JIU ZHIDAO ZHEME DUO
我　就　知　道　这　么　多

作　　　者　邓洪卫
责任编辑　张　媛
装帧设计　马顾本
出版发行　南海出版公司　电话：(0898) 66568511 (出版) (0898) 65350227 (发行)
社　　　址　海南省海口市海秀中路 51 号星华大厦五楼　邮编：570206
电子信箱　nhpublishing@163.com
经　　　销　新华书店
印　　　刷　北京军迪印刷有限责任公司
开　　　本　787 毫米 ×1092 毫米　　1/16
印　　　张　13.5
字　　　数　134 千
版　　　次　2020 年 8 月第 1 版　　2020 年 8 月第 1 次印刷
书　　　号　ISBN 978-7-5442-7362-6
定　　　价　69.80 元

目　录

初　恋

秦皮从三十岁开始，好上了酒。一喝即醉，醉了爱说事儿。说什么事儿？说风花雪月的事儿。对谁说？对他的女人说。

"叶儿呀，你过来一下。"秦皮说。女人知道他又要说事儿了，就倒一杯水，坐在床边。秦皮抓住女人的手，说："叶儿呀——"目光里柔情似酒，醇厚。

"那时候，我们都还小，五年级吧。我要到县里参加少儿故事比赛。先在班上讲，又在全校讲。老师同学们都说好，我的心里甜呀，得意呀。可是那天早上，我上学校。我总是第一个到校的。我是班长，我要开教室门。可那天早上，我一进校门，就见你站在教室门口，你穿着一件蓝花上衣，是不是？你眨着黑眼睛，说，'你的故事讲得好呀，要是讲话速度再慢一点儿就更好啦。'我想了想，真是有点儿快了呢。我就调整了语速。

结果到县里一讲，第一名，第一名呀！"

女人说："喝水。"秦皮就咕咚喝了一口水。

喝了水，清了清嗓子，秦皮接着说。每说完一段，总要握着女人的手，摇。情真意切。

秦皮四十岁，仍然爱喝酒。喝了醉，醉了爱说事儿。说风花雪月的事儿，对他的女人说。

"叶儿呀，"秦皮说，"记不记得，高考结束那天晚上，我们到校园后面的响水河堤上散步。那天晚上，我们谈了好久。我说我没考好，你说你也没考好，作文还跑了题。你骗我呀。你的作文根本没跑题，得了个满分。跑题的作文能得满分吗？嗯？我们互相宽心，宽着宽着，我们的眼神就有点儿飘忽忽的。我们就拥抱了，我们就接吻了。我到现在也分不清是你先动的手，还是我先动的口。总之，我们都觉得语言是多么苍白无力，动作才最真实有效。那是我的初吻呀。麻麻的，咸咸的，多复杂的感觉呀。是这感觉不，叶儿？"

"对呀，麻麻的，咸咸的。"女人说。

"那咱们学着吻一个。"秦皮觍着脸凑过来。女人有些犹豫，但还是闭着眼迎上去。

"找不着当初的感觉了。"秦皮拍着脸，怅然若失，掉头睡去。

秦皮五十岁，越发爱喝酒，三天两头地，醉握着女人的手，说风花雪月的事儿。

"叶儿呀，你后来怎么就做了一个医生了呢？而且还分在一个乡医院。那天晚上，我去看你，正好该你值班。真是个小医院，一晚上没一个病人。值班室也不大，一张帘子隔开来，外面是桌子，里面支一张小木床。我们先是在外面说话。后半夜，有些冷，你就坐上了床，盖了被。你让我坐在外面，有病人喊一声。我坐了一会儿，撩起帘子，钻进被窝。被子小，冷风透着缝隙往里钻。我们就抱在了一起。后来，我松了手，我解你的纽扣，你拉我的手，不让解。我甩开你的手，解！就解了。解开了，就成了一团火了。多旺的火呀，我快要融化了呀……你说巧不巧，我们的事儿刚完，就有病人了，外面的门就被捶得咚咚响。你赶紧穿衣服。看完病回来，我们都乐坏了。原来，你从上到下，都穿着我的衣服。你说好不好玩？你说呀。"

"好玩。"女人挤着笑容。

秦皮六十岁了，仍然是酒不离口，醉眼迷蒙地对女人说事儿。女人真是好性子，仰着菊花状皱皱的脸，听。

有人对女人说："老醉鬼瞎绕绕，别睬他。"

女人就笑："他高兴说，我也高兴听呢！"

这一天，秦皮又跟一伙老朋友在外面耍闹。中午，聚在小酒馆喝酒。还没喝几杯，有人慌张张地来了，叫："秦皮，快回家！你女人喝醉了，躺在院子里，吐了一地。"

秦皮扔了酒杯，跑到家里。女人已经被人扶在自家床上，歪着脖子，神志不清。

女人一把抓住秦皮的手臂，摇。

女人说："阿毛呀，你爱打架，成绩又最差，老师和同学都避着你，只有我喜欢你，跟你在一起玩。我考上了省城师范，家里没钱呀，你东拼西凑给我几百块钱，送我上了学。你什么也没考上，你就到省城做小工，挣的钱你舍不得花，给我买书、买衣服。我想好了，一毕业，就跟你结婚。可是，等我毕业后，你却瞒着我跟另一个女人结婚了，并且去了一个遥远的城市。你说你配不上我，希望我能找一个门当户对的，真心对我好的。我后来就找了秦皮。"

女人摇着秦皮的手，说："阿毛呀，秦皮是个好人呀，对我也不错。可是他有一个毛病，爱喝酒。喝就喝呗，一喝就醉，醉就醉呗，可他爱说事儿。说就说呗，可尽说他以前的风花雪月。他把我当作他以前的恋人了呀。我每次强作笑容，心都要碎了，碎了呀。三十年了，他讲了上百次，我只好耐着性子听，我怕他不高兴呀。今天，他又出去喝酒了，一会儿回来，还得讲那些酸事儿，我真想拿胶布将他嘴粘上，粘上！"

女人说："阿毛，你当初为什么要离开我呀，为什么呀？你知道我这么多年是怎么过来的吗？我苦呀。呜呜……"

秦皮木木地坐着，任女人的手在他的手臂上，一下下地击打。

秦皮的眼里汪着泪，秦皮说："小苏呀！"

六十岁的秦皮戒酒了，这是谁也没想到的事。

每到黄昏，小街上会出现一对老人相拥的身影。

有人喊："秦皮，喝酒。"

秦皮转身微笑，说："谢了。"

那人又喊："这老东西，老了老了还浪漫了。"

秦皮说："我们在恋爱呢。恋爱，你懂吗？"

谢冬玉的生活

那个夏天虽说来得晚，但还是来了。一来就咄咄逼人。那天，大三学生谢冬玉身着短袖衫，从如火的阳光中气喘吁吁走进教务处。她的手里握着一个算盘，上楼的时候，手臂一起一落，算珠也一起一落，发出整齐的声音。

教务处的电扇前候着两个中年男人。熟悉的是教务处主任，陌生的是省某银行人事处处长。那处长很温和地说："准备好了吗？好，一、二、开始。"刹那间，那"大珠小珠落玉盘"的声音就从谢冬玉纤细灵巧的手指间轻快而热闹地传出来。人事处处长的脸上露出满意的笑容。后来，他在谢冬玉粉白如藕的胳膊上轻拍了一下，说："好，真是铁算盘呀。"谢冬玉抿着嘴笑了。她的额头上沁满汗珠，心里却无声地流淌着家乡屋后的那条波光粼粼的小河。

于是，本来应该回家乡小县城上班的谢冬玉，幸运地拿着算盘走进了省某银行的大门。

谢冬玉的城市生活就这样在无际的想象中心慌意乱地开始了。

她被分在一家储蓄所上班。她的两任丈夫就是在这里相继登场的。

她的第一任丈夫是个不大不小的"款儿"。他有一张银行卡，卡上有几十万的现金，被随意地吞来吐去。有一次，他来取十万现金，结果，谢冬玉多给他两万。那人眼皮都没撩，将两万票子潇洒地甩进来，令谢冬玉大为感动。于是，她把自己草率地嫁给了那人。半年后，他们就离婚了，因为那人无法收敛的花心。

后来，谢冬玉又出了一次业务差错，又结了一次婚。同样的原因，又离了。

应该说，谢冬玉在工作上是认真谨慎的，几年来，只发生过两次业务差错。而正是这两次业务差错，造就了她两次婚姻差错。谢冬玉没有像那些受伤的女人那样怨天尤人，她说，这是天意。

天意，就是认命呀。

谢冬玉认了独身的命。她谢绝了许多人的好意，其中包括使她留在城市的人事处处长。人事处处长的妻子在一次车祸中死去了。他很委婉地向谢冬玉表达了意思，而谢冬玉也很委婉地拒绝了。

独身的谢冬玉，置了台电脑。每晚八点钟，她准时走进聊天室，跟一个叫"他山之石"的网友聊天。他们聊得很默契、很纯粹。他们约定永不见面。见面了，一切纯粹就会被肮脏的世俗所埋葬。他们愿意就这么超越时空，永恒地纯粹着。

但是，与"他山之石"的对话并不能使她忘却失败婚姻的伤痛。她需要另一种纯粹，那便是记忆。忘却和记忆是一对矛盾，也是一对亲密兄弟。当黑夜的孤独潮水一样袭来时，谢冬玉的记忆便更加鲜活起来……只有对那个男生的记忆才能挤走两次差错的伤痛。

那个男生是她高中时的一个同学。一个腼腆得像个大姑娘一样的男生。正是这个男生，毕业时送给她一首情诗。当时，谢冬玉没理睬他。

离婚后的谢冬玉忽然想起这个男生。她悟到只有这个男生的记忆对她来说是最纯粹的。

现在，对谢冬玉来说非常重要的一天在我们的期待中无可奈何地到来了。那个白天并无特别之处。到了晚上，很意外的，那个男生来看她了。那个男生开着轿车很潇洒地带她到一家星级酒店。那个男生说："你的事我都知道了。"接着，那个男生就将他辉煌的创业史铺张开来。铺张完了，饭也吃完了。那个男生说："咱们去开个房间吧。"她说："有什么话就在这儿说嘛。"男生说："这儿不方便，还是开个房间吧。"她说："不啦，再过一个小时，我要跟我的男朋友约会呢。"男生说："一个小时够了，绝不耽误你的约会。"男生的话像一把锋利的匕首，挑开了谢冬玉最后的底衫。谢冬玉彻底绝望了，吼道："滚。"便冲出了酒店。

晚上八点钟，平静下来的谢冬玉走进聊天室，却找不到"他山之石"。这是一个意外，"他山之石"每晚都和她有约定，可今晚他怎么会不声不响地消失了呢？

难道，出事了？

就在谢冬玉绝望的时候，"他山之石"突然有了回应。"他山之石"说："我就在你城市的一个网吧里，出差路过，咱们见个面好吗？"谢冬玉抚着键盘，仿佛有一个熟悉的面容从屏幕后面伸过来，让她的身体感到异常虚冷。她犹豫片刻，说："对不起，我不方便。"

谢冬玉果断地退出聊天室。

谢冬玉从箱子里小心翼翼地取出一把黑子白框的算盘。这把心爱的算盘曾经给她留在城市的好运。谢冬玉将算盘摆在桌上，端正了坐姿，心里默念：一、二、开始。噼里啪啦的声音从指尖处跳跃出来。

突然，声音停了。随着"啪"的一声响，从谢冬玉手中飞出的算盘撞击在洁白坚硬的墙壁上，黑色的算珠在房间里纷然迸落，如夏日午后的一场急雨。

很快，谢冬玉嫁了。嫁给了那个人事处处长。

那个人事处处长现在已经是副行长了。新婚之夜，副行长用温和的胳膊将谢冬玉揽在怀中。谢冬玉的心里又无声地流淌起家乡屋后的那条波光粼粼的小河，一个遥远而熟悉的声音如浪花般鼓起：

　　准备好了吗？好，一、二、开始。

甘小草的竹竿

多年前的一个午后，我骑着自行车从人民桥上下来。甘小草正好拖着几根竹竿迎面走来。

我问："哪儿去？"甘小草说："上班去。"我问："到哪儿上班？"甘小草说："银行。"我疑惑不解："到银行上班，要带竹竿吗？"甘小草掩着嘴哧哧地笑了，像阳光一样灿烂。

甘小草说："上班还早嘛，我先去宿舍里挂一下帐子。"

说着，甘小草就走过去，走上人民桥。竹竿划在地上，发出"沙沙沙"的声音。

我歪过头去。顺着长长的竹竿，我看到了甘小草肥嘟嘟的屁股在阳光下一扭一扭，极富韵味。

那时，我真想追过去，摸一摸甘小草的屁股。

当然，我不敢，借我八个胆子我也不敢。我只是张开嘴，对着甘小草的屁股喊道："我验上兵了，明天，我就出发。"

不知甘小草听到了没有，反正，甘小草没有回头，她的屁股依旧欢实地扭动，像一轮红日沉没到桥那边去了。

我想起了母亲的话。母亲说，小草屁股大，鬼机灵，有大福享呢。

母亲说得很有道理，因为，甘小草的机灵在我们老街上早就出名了。她八岁就能帮着父母在小商店里卖杂货，脑子特灵活，收多少钱，找多少钱，眼睛眨眨就出来了，分毫不差。从小学到高中，年年"三好"。只是高考时，一时疏忽，少考了一分，落榜了。巧的是，两个月后，银行招干，甘小草以第一名的成绩被录取了。

甘小草的父母、亲戚，甚至老师们，都说：亏得没考上大学。考上大学，多花钱，还不是为了有个班上。现在多好，又省事，还多拿几年钱。

那天，我在人民桥下与甘小草擦肩而过，我的脑袋里装满了甘小草圆实的屁股。回家后，我对母亲说，甘小草到银行上班了。

母亲说："我说过吧，甘小草的屁股大，命好，丢了芝麻，捡了西瓜。"

母亲还不屑地看我一眼，说："你什么时候也能给我捡个西瓜回来。"

我觉得母亲的话很刻薄。我已经成为一名军人了。母亲怎么可以随便伤害一名军人的自尊心呢？

当兵三年后，我从部队退伍回家，到银行保卫科工作，成为甘小草的同事，我还对母亲的话耿耿于怀。

我穿着银行新发的制服，很神气地回到家里，对母亲说："妈，我捡回了一个西瓜。"

母亲仍然很不屑地说："甘小草才捡着西瓜了呢，人家不费劲就嫁给朱县长的公子，当上了银行主任。朱公子做着大生意，竖竖指头就来钱。现在，老甘家都跟着沾光，卖了老街的房子，住小别墅了。"

我灰头土脸地去单位，挎上枪，提着警棍，在银行大厅里转来转去。我偷眼看办公室里的贵妇人甘小草，发现甘小草的屁股越发浑圆劲道了。

我知道我永远不能摸甘小草的屁股了。因为，甘小草的屁股只有朱县长的公子才能摸。

甘小草要为我做媒。甘小草说："张桂花怎么样？"

张桂花也是我们行的员工，她比甘小草早一年进银行。甘小草一进行，就跟张桂花成了好朋友。那时，张桂花正搞对象，男友是朱县长的公子。可不知为什么，张桂花的父母死活不同意。张桂花就请甘小草去做朱公子的思想工作，劝他放弃自己，另找别人。甘小草就去劝了。谁也没想到，甘小草会把自己劝到朱公子的怀抱里了。

很多人都认为甘小草是趁火打劫。甘小草却很委屈。甘小草说："我这是为桂花姐解围呢。"尽管如此,甘小草还是觉得对不起张桂花。因为,张桂花搞了几个对象,都没成。

甘小草要为我跟张桂花做媒。我摇着头说:"张桂花连县长家都不稀罕,能稀罕我?"甘小草拍拍我的肩膀说:"爱情这玩意儿没个准头。"

甘小草说对了,爱情这玩意儿真没个准头,因为张桂花很愉快地接受了我。

张桂花很温柔地说:"这么多年来,我等的就是你。"

我受宠若惊,问:"为什么?"

张桂花说:"因为你厚道,做人要厚道。"

我激动得放声大哭,立即将张桂花带回家。我对母亲说:"妈,我给您带来一个大西瓜。"

张桂花迷惑不解,问我:"什么西瓜?"我挠挠头,嘻嘻地笑着。我说:"天太热了,应该吃个西瓜,凉快凉快。"说着,我跑到街口,搬回一个大西瓜来。

我跟张桂花的爱情发展迅猛,像那个夏天一样,一天天升温。在那年夏季最炎热的一天里,我跟张桂花的爱情终于取得实质性的进展。

等到我们进入婚姻殿堂时,张桂花说:"你一点儿都不厚道,你那是闷骚。"

就在我跟张桂花蜜里调油的时候,我们县出了一桩大案,案子的主犯竟是朱县长父子。很快,朱家父子被判重刑,朱家的全部财产都被没收。甘小草也受了牵连，被停了职。

那天晚上，我跟张桂花躺在床上，不知为什么，我的眼前总是晃动着甘小草圆实的屁股。我说:"甘小草那么精明的人，怎么会落得这样结局呢？"

张桂花闭着眼睛，说:"她是天底下最愚蠢的人了。我跟小朱衙内相处了一段时间，就知道那家伙不地道，肯定会犯大事。我就以父母不同意为由提出分手，小朱答应了，但要我将甘小草介绍给他。我就想出了让甘小草去劝小朱的主意。没想到，她果然中计。"

我猛地一颤，多年前的那根竹竿伸过来，狠狠地在我的后背上抽了一下。

离　婚

　　吴同是在三十岁那年的春天决定离婚的。在此之前，他和妻子感情一直很好。

　　也正是那年春天，吴同发现妻子有了外遇。

　　那天晚上，吴同告诉妻子，自己要去加班写材料，很晚才能回家。吴同是单位里的笔杆子，领导有什么材料都要他写。单位里的事不多，可要写的材料却不少。因此，吴同就经常加班给领导写材料，一写，就到深夜，有时能写一宿。

　　可那天，吴同的笔很顺，本来预计写到两点的材料，十点多钟就完成了。吴同收拾好东西就下了楼。到楼下的车库里，吴同怎么也找不到自己那辆崭新的自行车了。多年以后，吴同总觉得自行车的被盗是以后家庭不幸的征兆。

　　丢失了自行车的吴同，只好步行回家了。

　　当时，吴同家在后街一幢老式居民楼三楼。那天吴同走到后街的拐弯处，看到三楼卧室里没有一丝灯光。吴同想，妻子怎么这么早就休息了呢？这时候，吴同看到自家楼道口，低头走出一人，匆匆地拐到前面，很快消失在夜色里。

吴同看那人背影，好像是妻子的顶头上司。

吴同的脑子"嗡"的一声，像一下子钻进了上千只蚊子、苍蝇，身体也忽的一下，被抛进了万丈深渊。

吴同知道，自己原本幸福的婚姻将面临解体。

那天，吴同没有回家，而是又回到了办公室，在沙发上躺了一夜。那一夜，吴同怎么也不能合眼。满脑子只有两个字：离婚！

我一定要离婚！

我不能失去男人的尊严！

天明我就去离婚！

可天快亮的时候，吴同离婚的决心开始动摇了。

局里将提拔一个科长，过几个月就见分晓。局长曾经表示吴同是重点培养对象，这时候闹离婚，一定会对他的政治前途有影响。唉，还是等几个月再说吧。

几个月后，吴同果然当上了科长。吴同知道，这时候如果提出离婚，别人会怎样看他，还是再等几个月吧。又过了几个月，吴同觉得科长的位置比较稳固了，就又想到了离婚。可这时，妻子已经怀孕八个月，眼看就要分娩了。吴同长长叹了一口气，想，还是等孩子生下来再说吧。

孩子终于生了下来，是个男孩。让吴同欣慰的是，孩子的眉眼像极了自己。

孩子到了一周岁，吴同又想到了离婚。可吴同一看到孩子，就犹豫了。吴同想，离婚了，孩子怎么办？妻子肯定不会把孩子让给他的，而自己又实在舍不得孩子。再等等吧。

这一等，就是近三十年。

这三十年里，吴同无数次想到过离婚，又无数次地打消了这个念头。孩子正在上学，吴同怕影响孩子的学习成绩。还是等孩子考上大学再离婚吧。终于，孩子考上了大学，吴同又想，还是等孩子工作了再谈离婚吧。这三十年里，吴同时时感到有挥之不去的痛苦像一头怪兽在啮噬着自己的心，吴同对自己说，离婚吧，不然我会疯的。吴同经常一个人来到旷野上，发疯一般地狂奔，跌倒了，爬起来再跑，直到精疲力竭地仰躺在地上，像死了一样，一动不动。有时，吴同还会对着天空一遍遍地狂喊：我要离婚！直到把自己嗓子喊哑。有许多次，吴同被大雨浇得浑身精湿却全然不顾。

如今，孩子工作了，吴同该提出离婚了。可他怎么也不会想到，这时候，一向身体很好的妻子却病倒了。诊断书上赫然写着：肝癌晚期。

吴同一下子蒙了。

几个月后，妻子的病情恶化。

这一天，妻子已经到了生命的最后一刻，病房里挤满了亲友。妻子用微弱的声音说："请你们都出去一下，我对他说句话。"

亲友们都出去了。吴同俯下身来，吴同听见妻子用含混的声音对自己说："谢谢……你对我……的照顾，我感到很……幸福。"说着，妻子苍白的脸上露出一丝笑容。吴同却从衣兜里掏出一张纸来，说："这是一张离婚协议书，我已经代你签过名了，你按一下手印好吗？"妻子眼睛瞪大了，笑容一下子僵在脸上，好一会儿，才缓缓地抬起手，可抬了一半，猛地垂了下去……

吴同愣了一会儿，放声大哭。外面的亲友听到哭声都涌进来，他们看吴同哭得那么伤心，都劝。可吴同哭得更厉害了。在场的人都流下了眼泪……

从殡仪馆出来，吴同从兜里掏出那张纸，扯碎了，扔在空中。

这时，吴同看到不远处的路边，有一辆崭新的自行车，在阳光下闪闪发光。

吴同觉得它跟自己三十岁那年春天丢失的那辆车一模一样。

可是，怎么会呢？那辆车，已经丢失近三十年了，即使找到，也已经破旧不堪了。

硬　币
────────

[新闻背景] 2005 年 4 月 8 日夜，一发廊女被掐死在小城出租屋里，导火索竟是一枚硬币。

吴子郎是个警察。当有一天，他发现妻子跟一个陌生男人很亲密地同坐在一个酒吧角落里时，他的故事就走进了一个俗套。跟所有男人一样，他觉得很糟心、很窝火。跟有些男人一样，他没有立即冲过去或低头离开，而是，悄然坐在那两个人不远处的座上，边喝酒，边观察。

那天晚上，他的酒量很糟，喝了几杯就困倦不已。他低下头，想休息一会儿，调整一下状态，可一种力量又让他抬起头来。这时，他发现他的目标座位已经空了，他的目光闪到门口，也是空的。于是，他站起身，跑到外面。外面的人很多，但，对他来说，也是空的。

吴子郎有点儿泄气。他闪进一条背街。天知道他为何要闪进那条背街！那街黑洞洞，无一丝灯光。当他进入背街二十米远时，才发现路边有一间屋，亮着灯。灯下有一女子正向他这边看。那女子端着酒杯，手臂忽地向他一扬。

她认识我？吴子郎顿住脚步。仔细看，觉得女子好生面熟。走过去，不由"啊呀"一声：竟是雨晴，他的初恋情人！

十年前，吴子郎在一个乡镇派出所上班，结识了美丽清纯的小学老师雨晴。二人一见钟情，建立了恋爱关系。一个春天的夜晚，在雨晴的宿舍，二人对坐。吴子郎冲动，要做一回真正的男人。雨晴却抓住他的手说："留在新婚之夜吧。"吴子郎还要动作，雨晴挣扎坐起，从兜里捏出一枚锃亮的硬币说："咱们赌一回吧，将硬币抛出，如果正面向上，你就依了我；如果反面向上，我就依了你。"吴子郎说"好"。吴子郎接硬币在手，心里默念多遍"反面向上"，抛出，硬币无声落下。正面！吴子郎却又反悔了……临走前，雨晴将那枚硬币搁在他的上衣兜里，灰灰地说："带着吧。"不曾想，这是最后的赠物。第二天，雨晴失踪，十年竟再无音讯。

十年中，吴子郎悔恨不已，曾用多种方式寻找雨晴，皆无结果。后来，他虽然结了婚，但心中仍无法消磨掉雨晴的音容。他坚信，雨晴会在某一时刻突然出现，却未料想是现在。吴子郎仔细端详那张熟悉的脸，问："雨晴，这么多年，你到哪里去了？"

雨晴不答，只递过一杯酒，脸上散开笑容，一如当初那般迷人。

雨晴说："就知道你会来，我倒上这杯酒等你多时了。"

这很像一句拙劣的电影台词。吴子郎瞥了一眼那酒，不由激灵打个冷战。酒色通红，分明是血。

雨晴将杯子碰过来，"当"的一声，很清脆。一饮而尽。吴子郎也饮尽。

推杯换盏，你来我往。吴子郎的头有点儿沉。仿佛听那雨晴说："相公，回房歇息吧。"就进了内屋。内屋布置得很雅致，几幅山水，几幅书法，还有几盆花草，很有点儿文化味。点了蜡，关了门，掩了帐，帐内一片通红，像西天的如血残阳。

雨晴先褪了裤子，坐进被窝，然后将上身脱得溜光，鱼一样滑进被子。只露出一颗脑袋的雨晴闭着眼睛，仍然说着电影台词："如此良宵，就依了你吧。"吴子郎遂也去衣钻进被窝。

接下来，吴子郎有点儿迷糊，好像还听到雨晴说了一句："你没有错，错的是我。"

两个小时后，吴子郎睁开眼睛，惊异地发现，他并未躺在什么宽大的床上，身下不过是一张窄窄的按摩床。四周也无什么字画，而是清一色形象怪异的时髦美女头像。旁边紧挨着的女人并不是雨晴，而是一个发廊女叫唐卉儿。这女人曾经被他抓获过、教育过、罚款过。现在，那卉儿还合着双睛，睡态可爱。

吴子郎的酒猛地醒了,赶紧下床穿衣,头上一把,脚下一把,很有些慌乱。一枚硬币从他的上衣兜里猝然溜出,"当"一声,跌在地砖上,惊开了卉儿的眼睛。

正是当年雨晴留给他的硬币,多年来,吴子郎一直贴身带着。

那醒来的卉儿,看着吴子郎的狼狈相,呵呵笑道:"怎么,穿衣服都不会啦?"

吴子郎红着脸,眼睛却在地上扫。没发现,就俯下身。终在卉儿的鞋壳里倒出那枚硬币。又要往上衣兜里搁。卉儿却说:"搁床上吧。"

见吴子郎犹豫,卉儿说:"我们老家风俗,男人第一次上女人床,要放一件硬物,镇镇邪。"

硬币从吴子郎的手里飞出,软软地落在床上,无一丝声响。

卉儿呵呵笑了:"我早就喜欢上你了,从见到你的第一眼开始,就想到如果能陪你一回多好呀。今天,我八点来开门,到现在,一笔生意都没做。我就预感到会有事情发生,没想到是天意安排你来会我。"竟又叹息起来,"唉,只这一次,死也值了。"

吴子郎羞愧满面,轻轻开门,探头向外看。身后的卉儿笑道:"再来就到我的宿舍去,明天这里就关门了,我的宿舍就在东大街十号。"回答她的,是轻掩木门声。

街仍然很黑,跟来时一样,无一丝光亮。吴子郎深深浅浅向外摸,鞋跟落在地上的声音,高高低低,极不规则。

闪烁在吴子郎耳朵里的，却是硬币落地的声音。

当，当，当！

那硬币呀，恍如落在他的心里，沉重而寒冷。

[补记] 就在当夜，唐卉儿被人残忍地掐死在出租屋内。此案悬置一年多未破。忽一日，吴子郎在一次夜巡中，抓获了一名偷狗贼。该贼意外交代，他曾经在一年前夜里杀害过一个发廊女。吴子郎问："你为什么要杀害与你素不相识的女人？"贼说："她坐我的三轮车，从发廊到她的宿舍。她拿出一张一百的票子让我找。我找不开，我只要一元钱就行了，我分明看到她的手里有一元钱硬币，竟不给。我想，这脏女人好生无礼，故意刁难、奚落于我，我再穷，也是双脚踏出来的血汗钱，你再富，也是卖身的肮脏钱。一时怒起，张手就掐。不想掐过劲，死了。"

掐　手

　　鲁小花有一个奇怪的毛病，就是在睡梦中用一只手掐另一只手。

　　这个毛病是在她十八岁那年的夏天落下的。那个早晨，鲁小花醒来，发现她两只白嫩的手背上呈现出多处被指甲划破的印迹。她不由得好一阵心慌意乱。

　　当天晚上，哥哥鲁小松见她闷闷不乐，就带她去看电影。电影还没开场，哥就去外面买雪糕。哥出去不久，就传来外面有人被打的消息，电影院的人都涌出来看热闹，鲁小花也跑出来。当她发现躺在台阶下满脸是血的那个人正是自己的哥哥时，不由脸色煞白。她扑在哥哥的身上，口里凄声叫喊："哥，哥，哥！"

　　有好心人将她拉开，送哥去了医院。哥的鼻骨被打折了，哥的鼻梁从此就那么怪异地塌着。最糟糕的是，哥变得恍恍惚惚，精神错乱。哥不得不辍学了。

好长一段时间，鲁小松的名字在我们这里的街头巷尾飞来飞去。鲁小松是个仁义的孩子呀，像个大姑娘一样。而妹妹小花的眼神里，则更多地流淌着男人气。

鲁小花二十三岁，到某厂当会计。二十五岁，跟高中同学尚天文结了婚，还生了一对双胞胎。尚天文是个很好的男人，言语不多，心却很细腻，对鲁小花特别温存体贴。鲁小花颇感幸福。更让鲁小花奇怪而高兴的是，婚后，她在睡梦中掐手的行为，很少发生了。

很少发生，不是不发生。

一个夏天的早晨，二十八岁的鲁小花从睡梦中睁开眼睛，她惊讶地发现，自己的手背上又呈现出多处被指甲划破的印记。她不由得好一阵心慌意乱。到班上，她看到贾科长的嘴巴比平常鼓胀，像一边含着个大肉丸。鲁小花问："贾科长，您怎么了？"贾科长挤出一点儿笑容："没事，发牙火了。"两天后，鲁小花才知道，贾科长被人打了。那是个夜晚，贾科长被两个人堵在一条小巷里。一个人将他摁在墙上，另一个人左右开弓，狠狠地扇了他几个大嘴巴。

仍然是一个夏天的早晨，三十二岁的鲁小花从睡梦中睁开眼睛，她惊讶地发现，自己的手背上又呈现出多处被指甲划破的印记。她不由得好一阵心慌意乱。到班上，就听说吴厂长被砍了。

昨天晚上，吴厂长跟几个客商在聚天酒楼喝酒，被司机送回家。刚踏上楼道口，就见迎面并排下来两个人。左边那人伸手握住吴厂长的右手，右边那人扬手一刀，厂长的手就被砍了下来。

那个夏天尚未结束的时候，两个凶犯被公安机关捉拿归案。他们对砍伤厂长的犯罪事实供认不讳，还交代，他们曾殴打过财务科长贾大友。这一切，都有一个幕后指使人，叫尚天文。

鲁小花到看守所探望尚天文。看到心爱的人面容憔悴，鲁小花不由得心疼落泪。

鲁小花这才知道，尚天文两次雇凶伤人，都跟她有直接关系。第一次，是贾科长分配奖金不均，窝了一肚子火的鲁小花去责问贾科长，贾科长不仅不认错，还骂了她两句。鲁小花回家，在饭桌上跟尚天文说了。第二次，是贾科长调走，厂长提拔了厂长的小蜜做科长，心高气傲、愤愤不平的鲁小花去质问厂长，厂长不仅不认错，还用右手在鲁小花的胸部"安抚"了一下。鲁小花回家，在睡觉前跟尚天文说了。她没想到，就是这无意中的两句话，致使丈夫雇凶伤人、锒铛入狱。

鲁小花后悔不迭，她两眼噙泪，说："都是为了给我出气呀，我真对不起你。"

尚天文也哭了。尚天文说："小花，是我对不起你。有一件事，我一直瞒着你。多年前，你哥被打，也是我做的呀。"见鲁小花茫然不解，尚天文说出了下面的话：

十几年前，我读高中，就暗暗喜欢上了你。我鼓足勇气向你表白，你婉言拒绝了我，说，等毕业以后再说吧。可当天晚上，我在电影院里看到你跟一个男子亲密地坐在一起，自尊心很受伤害，就让两个社会上的朋友教训那个男子。没想到两个朋友出手太重，致使他身心俱残精神错乱。第二天，我才知道，那个男子根本不是你的男朋友，而是你哥哥。我后悔莫及。多年来，每当我看到你哥哥目光呆滞地走在大街上，心里就很内疚。后来，我娶了你。我想用对你一生的爱来赎罪。我想方设法对你好，我容不得任何人欺负你、伤害你，我就……

鲁小花惊呆了。好一会儿，她猛地垂下头，哭声同时从她圈起的胳膊间迸射而出，像箭一样穿透看守所的上空。

哭声骤停，鲁小花抬起头来，发疯似的用自己的一只手狠狠掐另一只手。在鲁小花的人生中，这是第一次不在睡梦中的掐手。每次在睡梦中，掐的都是表皮，最多冒点儿血星子，而这一次，她掐到肉里了，掐得鲜血淋漓。

梦见高西梅

　　我这个人爱做梦。躺在床上一合眼，许多稀奇古怪的事就入梦来。眼皮一撩，这些事又随梦而去。我去看医生，医生说我内火重，需吃几剂中药败败火。我可懒得煎那玩意儿。我还做我的梦。反正睡觉的时候，闲着也是闲着。

　　最近的几个月里，我的梦境中持续出现一个女子。这女子古典装扮，似戏台上的青衣。她面容惨白，眼神幽怨，轻甩衣袖，口发凄声：苦哇——

　　我常常惊醒过来，坐在床上，全身湿透，如水洗一般。我回忆梦中的那个女子，觉得她很像高中的一个同学，叫高西梅。

　　真的是高西梅！

　　我跟高西梅是从高二文理分科时开始同学的，都在文科班。

我们几乎没什么交集。直到上了高三，我们也没说过一句话。印象中的高西梅，可以用三句话来概括：长相一般，性格内向，学习刻苦。前两点，就不细说了。第三点，我可以举个例子。

我在高三上学期，忙里偷闲，开了点小差，跟一个女生产生了朦胧的爱情。当然，我们的爱情是秘密的。表面上，我们被拴在高考的这根绳上，埋头吃书，一本正经。可一到周末的晚上，我们就像脱了缰的野马，撒开欢了。我们到校外的响水河堤上，高谈阔论。我的女朋友突然谈到高西梅。她说："高西梅活得真没劲。"我问："怎么个没劲？"她说："她就知道学习学习的，没意思透了，你知道我们都叫她什么吗？木乃伊。"女朋友的话吓了我一跳。我说："我胆小，别整个干尸来吓唬我，黑灯瞎火的。"女朋友就咯咯地笑了。黑灯瞎火适合干什么呢？我跟女朋友就拥抱在一起。拥抱在一起，我就开始一遍又一遍地抚摸女朋友柔顺的长发。仅此而已。我对她说："你的头发真美妙。"她说："还有比头发更美妙的呢！"我是天下第一号笨蛋，当时连这句最明白的暗示都没能明白。现在我明白了，已经迟了，她已经成为别人的新娘，还生了一对双胞胎。

扯远了，回到那天晚上吧。我一遍遍抚摸着她的头发，不知不觉已过深夜。校门关了。我们从西围墙的缺口突破进来。掩护女朋友安全回到女生宿舍后，我却不想回宿舍了。我想到教室坐一会儿。打开门，发现教室已坐着一个人，正秉烛夜读。昏黄的烛光映着干瘦的脸，宽厚的镜片后闪着幽幽的光，正是女朋友说的"木乃伊"高西梅。我愣了一会儿，才问："你怎么还不睡觉？"这是我跟高西梅说的第一句话。高西梅说："不想睡，多看一点儿好一点儿。"我说："你真刻苦呀！"高西梅突然叹了一口气，说："不刻苦不行呀，我的父母都是工人，那么苦供我读书，我要考不上，对不起他们呀。"说完，高西梅就低头不语，继续看书。

她的那几句话真像一把尖刀，将我的心脏刺了一个大口子。我看到我的心流淌着暗红的血。我想起我的父母。他们不是工人，他们都是农民。他们在黄土地上，汗水摔八瓣地艰苦劳作，供我读书，指望我能考上大学，出人头地。而我却半夜三更去摸女同学的头发。这太说不过去了！于是，我在心里发出了"向高西梅学习"的伟大口号。

从那以后，我跟换了一个人似的，成天捧着书本苦读，再也不去摸女同学的头发了。我的成绩直线上升，期末考试从全班四十名一跃而至十几名。谁也不知道，历史的转变，跟一个叫高西梅的女生有关。

高考志愿，我跟高西梅填写的一模一样。我决心跟她上同一所大学。她既然影响了我，就让她继续影响我吧。

在夏日难挨的炎热与焦躁中，高考结束了。很快，分数线下来了。父亲一大早就去了县城，回来后他紧锁的眉头告诉我，大事不妙呀。果然，父亲说："你的分数比分数线只差一分。"我差点儿没当场晕倒。

我把自己关在房间里，与世隔绝。半个月后，我的那个头发柔顺的女朋友来了。她带来三个消息：一，她已经是县纺织厂职工了；二，高西梅死了；三，我被市师范学校录取了，顶替的是高西梅的名额。

女朋友说，高西梅死得真冤呀。那天，她父母知道她达线的消息，很高兴，到冷食摊上买了几样卤菜，庆贺一番。没想到，半夜里，高西梅发了高烧，浑身无力。如果及时送到医院就好了，可她的父母却给她捂了一床棉被，想让她出一身汗，败败火。结果，天没亮，高西梅就死了。

女朋友走了，留下我一个人发愣。我的父亲则迫不及待地去县城探听消息去了。晚上回来，还没进家门就大声说："二品呀，你捡了大便宜啦！"

直到这时，我的眼泪才如泉水一样奔涌而出。我的父亲对我的母亲说："娃这是高兴呢！"说着，乐颠颠地到乡邻家奔走相告去了。

几天以后，我到县城，在教育局见到一对年迈的老人。他们就是高西梅的父母。他们恳求领导，能将高西梅的录取通知书发下来。他们想将它烧给高西梅，以安慰她行之不远的灵魂。教育局领导很委婉地拒绝了他们。

高西梅的父母泪眼花花地走了。教育局领导拍了拍我的肩膀，有点儿意味深长。

……

一晃，我在城市的日出日落中行走了十年。十年来，我娶妻生子。高西梅瘦削的身影，像冬日窗玻璃上的冰花随着阳光的出现而淡化消失。我没想到，时隔十年，高西梅还会以青衣的形象飘落到我的梦境中。我骇然而起，黑暗的室内漾着一片惨白的月光，如高西梅失血的面庞。我慌忙中打开灯，月光随之遁去。我到电脑上写下这篇文章，打出来，又打出一张"××大学录取通知书"的字条，到阳台上点着烧掉。暗淡的火光中，我闭目祈祷，愿高西梅不再孤独，愿我的梦境能如月光一样消失。

庄保四寻妻

    庄保四要到海城寻他的妻子。因为他收到一封信，他以为是老婆菊花寄来的。刚结婚两个月，菊花就到海城打工了，至今一年多没回来。庄保四很急切地打开信，却发现自己错了。信上斩头截尾一句话：菊花在海城给别人下崽！字不多，可对庄保四来说，每个字都像一柄榔头在他的脑袋上猛夯一下。一共十个字，庄保四的脑袋被夯了十下。夯得他脑袋里像飞进无数只小虫子，嗡嗡的。

    给别人下崽，怎么可以呢？我的老婆呀！

    我得把她先找回来，然后，狠揍一顿，这臭娘儿们！

    庄保四就锁了茅草屋，渡过响水河，到几千里外的海城寻妻来了。

    一进海城，庄保四就捡到了一只黑包。包里面除了银行卡和五万块现金外，还有一沓名片。名片上印着××公司总经理丁哥。庄保四想，这钱不是自己的，不能要。他根据名片上的地址找到丁哥。丁哥拍了拍他的肩膀，说："你留下，做我的保安吧。"

丁哥将庄保四带到一座别墅。楼上下来一个年轻女人，光光鲜鲜，跟电视上的女人一样，只是肚子微凸，像是怀着崽。丁哥对那女人说："这是我表哥，庄哥。以后，他就住你楼下，你有什么事可以通过他跟我说。"

庄保四就在这座别墅住下来，成了这别墅的专职保安。

后来，庄保四知道，女人叫小美，是丁哥相好的，城里叫"二奶"。丁哥是个有老婆的人，他想要个男孩，可老婆很不争气，给他生了个丫头。丁哥就瞒着老婆用八万元包养了小美，让小美给他生男孩。小美已经怀孕了。中医把了脉，西医B了超，都说是男孩。丁哥高兴坏了，先付了小美四万，另外四万等孩子生下来再给。小美说，一个人住这么宽敞的房子有点儿空，晚上害怕，失眠，怕对孩子不好。丁哥可不能陪她，丁哥忙，还要对付老婆。丁哥就将庄保四接了过来。丁哥很信任庄保四。丁哥还说："如果一旦有人，特别是女人来问，就说你们是两口子。"

并没见哪个女人来问，庄保四落个清闲。白天，庄保四就在海城转悠，寻找菊花。有时，也跟小美聊天。小美说，难哪！家里兄弟多，都没讨上媳妇。左右邻居都盖了楼，中间凹着她家的草屋。庄保四也将自己寻妻的事说了。小美说："我可以帮你找，不过，得等我生完儿子。"

丁哥每周来过一回夜。庄保四听到楼上传来两人的嬉笑声，心中黯然。一想到菊花给别人下崽，庄保四心如刀剜。

那天夜里，庄保四想菊花，很晚才迷迷糊糊睡着。一睡着，菊花就走进他的梦。菊花瘦了，面色也白淡淡的。菊花将一沓钱放在他手上说："现在我们可以回家盖房了，盖了房子，剩下的钱再做点儿生意。"菊花还说："生孩子真痛呀。"菊花就捂着肚子，口里发出痛的声音："哼哟，啊，啊，哼哟。"庄保四以为菊花是装出来，不提防菊花却倒在地上打起滚来。庄保四一惊，就醒了。但梦里那痛苦的声音还在屋里回荡。真的有人在叫呢。是楼上的小美在叫。庄保四披衣上了楼，果然见小美躺在地板上抱着肚子痛苦地叫唤，地板上还有鲜红的血迹。庄保四吓坏了，赶紧打丁哥的手机，丁哥却关机了。这时，小美已经痛得昏迷过去。庄保四赶紧抱起小美，下了楼，向医院一路狂奔。

经过一夜的忙乎，小美生了，比预产期早了一个月，还是个女孩，才四斤重。医生说，幸亏送得早，不然，母子都很危险。丁哥赶到医院，眉头一下子拧紧了。庄保四的心也拧成了疙瘩，他想到了菊花，不知道现在菊花是否也生了，男的，女的……

一个月后，丁哥寒着脸将小美母女从医院接到了别墅。楼上高一声低一声地吵起来。庄保四听清楚了。原来，丁哥让小美将孩子送人，并且，拒付剩下的四万块钱。小美说："钱我不要了，可这孩子也是你的骨血，怎么可以送人呢？"丁哥说："送了人，你再给我生个男孩，我可以多给你钱。"小美说："不将女儿送人，我照样可以给你生男孩呀。"丁哥说："留她在这儿，多花钱，又不吉利！"

丁哥气哼哼地走了，留下小美抱着女儿在楼上号哭，直到半夜还不住腔。庄保四上楼劝说，劝到天亮也没把小美的哭声劝下去。最后，庄保四也哭了。

庄保四想起了菊花。

"老婆呀你在哪里呀，呜呜。"

"你为什么不给我生儿子去给别人生儿子呀，呜呜。"

"如果你生了闺女就带回来咱们养活呀，呜呜。"

小美将泪脸从被子上抬起来，定定地看着庄保四，忽然歪身倒在他的怀里，哭得更欢了。

"保四，你别再找老婆了，呜呜。"

"我就做你老婆，我要给你生个儿子，呜呜。"

"让姓丁的断子绝孙，呜呜。"

⋯⋯

两天后，庄保四领着小美母女渡过了响水河，走进离开快一年的村庄。一路上，庄保四跟村人招呼着。村人也跟他招呼着，可眼神都有些异样。

庄保四找不到家了。他家原本的茅草屋已经不见了，取而代之的是两层漂亮的小楼，阳台上晾晒着花花绿绿的衣服和被单。一个女人的面容正从这花花绿绿中浮出，将目光向这边放过来。

大鱼过河

大鱼过河的那天晚上，吴庄把斯琴约到河边。

什么河？响水河，小城最大的河。在我的记忆中，好像小城的许多故事都与这条河有关。

有一个文友曾问我："你们那里有大河吗？"我说有。他说，居住在河边的作家，作品往往会更空灵大气。我翻检以前的作品，却深感惭愧。于是，我常到河边去坐坐，直到有一条鲜活的大河在心里永恒地流动。

现在，让我们回到那个大河边上无星无月的秋夜。水面静静的，白天的喧嚣与风光全被这夜的博大吞没。间或有秋风掠过水波，沁着微微凉意。不远的地方卧着一座桥。桥上的路灯毫不掩饰对这世界的厌倦而昏昏欲睡。一辆辆汽车载着轰隆隆的声音、追着一束束耀眼的光柱穿梭而过。如果你将耳朵吸附地面，能清晰地感觉到桥身的颤抖与呻吟。

虽然夜黑如漆，吴庄的目光却能像剑一样穿透秋夜的黑，使斯琴更清晰地展现在面前：柔美的长发，明丽的面庞，修长的脖颈，精巧的乳房，无不闪着诱人的光泽。目光所及，都有一团火焰在燃烧。

这个女人将要领导我了。当吴庄将整团火焰揽在怀里时，他不由得在心里无声地狞笑了一下。

吴庄是谁？吴庄是电视台的记者，也是著名作家。他的历史小说在小城刮起了一阵尚古的旋风，他的爱情婚姻小说曾令小城的许多少男少女在爱河中寻死觅活。

吴庄清楚地记得，斯琴是在局长的引领下走进他的生活的。局长向吴庄介绍了斯琴，就走了。斯琴却走到吴庄面前，甜甜地叫了一声："吴老师好。"吴庄的眼光先是落在自己的小说集上，又漫移上那双白皙的手，再上溯到了斯琴的脸，最后被斯琴的目光锁住。斯琴的目光是水，浸在吴庄的脸上，柔柔的、润润的。吴庄挥笔在书上签上自己的大名。

那时，任吴庄怎样展开天马行空的想象，也不会料到这个文静的女孩有一天会成为他的领导。

当吴庄还沉浸在能与崇拜自己的漂亮女孩同处一室时，关于斯琴和局长的是非已经在小城传得沸沸扬扬。还说，之所以局长将斯琴跟吴庄安在一个办公室，是因为吴庄是个书呆子，让人放心。看着那些传闻者神秘的目光和快意的脸，吴庄就想到了传说中一种叫狰犴的怪兽，专吃恶人的心肝，但不是因为它憎恨邪恶，而是它嗜血，又喜欢邪恶的味道。他们在传播绯闻的同时使自己产生了快感与满足。

但，很多迹象都表明了传闻的真实性，也有很多迹象表明斯琴对自己的爱。

有一天晚上，局长让他和斯琴加班搞一个专题。起先局长还坐在旁边抽烟，后来就失去了耐心扔下他俩走了。在斯琴向他问一个字的写法时，两个人的目光就对在了一起，他们几乎同时伸手揽住了对方。那时，他们都感觉到对方身体里燃烧的渴望。可是，吴庄无意中瞥见了办公桌上的一包玉溪牌香烟，那是局长刚才落下的。吴庄的身体迅即冷却下来。他的手臂松开了。

还有一个晚上，吴庄的妻子出差了。吴庄一个人自在地喝酒。没想到，斯琴来了。斯琴说顺便路过。吴庄问她吃了没有，斯琴说没有，就坐下来跟吴庄对酌起来。后来，两个人就抱在一起。慌忙中，吴庄上衣兜里的笔跌落在地。声音不大，却像报警器一样在他的耳边长鸣。这支笔是妻子高中毕业时送给他的，他一直保存至今。那一刻，吴庄想到了心爱的妻子和可爱的女儿，他高涨的情绪也随着那清脆的声音惶然跌落——

吴庄就在一次次的犹豫中不断失去机会，直到一个月前，他温柔的妻子忽然带着孩子跟一个大款决然出走，而又有消息传出：斯琴将升为办公室主任，成为他的直接领导。

吴庄觉得自己的尊严像一张废纸被人揉搓着扔在垃圾

桶里。

现在，吴庄怀着复杂的心情将斯琴放倒在河边的草地上。吴庄抚摸着斯琴，斯琴的皮肤光滑细腻，如大鱼的脊背。吴庄的身体迅速膨胀，他的眼前又呈现出白天大鱼过河的雄壮场面。

上午十点，响水河面上出现了由三百多条大鱼组成的绵延两里多地的庞大鱼阵，劈开水波向大海行进。大鱼黑黑的脊梁在阳光下闪闪发光，拍打浪花的声音起伏交汇，响成一片。它们不时翘头喷出高达丈余的水柱，似小城中心广场的喷泉飞溅。为首的头鱼凌空一跃，如跳高运动员在空中画出一道弧线，又斜刺入水中。如此反复，煞是快活。

恍然中，吴庄变成一条大鱼，在不停的跳跃中陶然忘我。而斯琴是一条河，一条波涛汹涌、激情澎湃的大河。

"吴庄，吴庄。"斯琴叫。

"我想游泳。"吴庄的声音却从河面上缥缈传来。

"在大学时，我得过校游泳比赛的冠军呢。"吴庄又说。

"吴庄，吴庄。"斯琴又叫。回答她的是水声一片。再后来，水声也没有了。斯琴想大声呼叫，可她的嗓子里像塞上了一团棉花。斯琴仿佛看到黑夜中自己恐惧变形的脸。斯琴哭了，绝望地哭了……

我说过，小城的许多故事都与这条大河有关。这些故事带着潮湿的气息在小城及更多的城市传播。

我前面说过的那个文友用电话铃声在一天深夜将我吵醒，他听到我的声音长吁了一口气说："你们那里的大河又有事了。"

　　我说："是，大鱼过河。"

　　他说："不，一个作家跟情人在河边做完爱，游泳淹死了。"

　　说完，那家伙兀自嘻嘻地笑了，笑得十分快感。

刘三姐

刘三姐在"香水有毒"做脚。"香水有毒"是个娱乐城，吃喝玩乐，男人的天堂。

做脚的男人，说是为了保健，其实是享受。浑身泡得软乎乎的，套上肥大裤衩，仰躺着，斜叼支烟，让一个女人，在自己的身上温顺地摩来捏去，硬把自己摩捏出"成功"的感觉来，多好啊!

做脚的女人，大都是结过婚的少妇。男人下岗，孩子上学，自己也闲着。得养家，得糊口呀。有心出去打工，可家离不开她，怎么办?就在家门口找点儿事做，别的事儿做不了，就到浴城学做脚吧。

刘三姐就更难点儿了。她不是本县人。她是我们邻县阜宁人。二十三岁时，跟着一个男人私奔过来。后来，生了一个女儿，小名叫安稳。

以为会安稳下来。可在小安稳上初中那年，天被那个男人弄塌了。他，抛下她和安稳，跟一个女人跑了。

刘三姐大哭了三天。想狠狠心撇下安稳，回阜宁去。但她没有。她擦干了眼泪。为了女儿，日子得往前过呀。在邻家妹妹的介绍下，就进了"香水有毒"。

那时候，她已经三十五六，奔四了。在做脚的女人当中，已经往大龄上靠，不年轻了呀。

去的时候，并没想到这里怎么复杂，也没有戒备之心。觉得自己老了，没有哪个男人会对她感兴趣。可客人还是愿意找她。可能是她面相比实际年龄要小，也可能她是刚来的，图个新鲜。

客人舒适了，会问："你男人是干什么的？"

她摇摇头，说："没男人。"

客人的脸上滑过一丝笑意。胆子被"色水"壮大起来。那脚，像小兔子一样，往她的怀里一拱。

她一退。

一会儿，又一拱，她又一退。

第三次拱过来的时候，她恼了。用修脚刀在那臭脚面上敲了一下。那脚立即就老实了。

邻家小妹教她，再有客人问她男人的时候，不要说没男人，就说男人是杀猪的。

她就这么做了，客人果然就安静了。

很多做脚的少妇，来的时候，把自己弄得很正经，可时间一长，就都不怎么正经了。敢说，敢笑，粗俗，刺激，争先恐后。

这里本不是正经的地方嘛。

没客人的时候，她们七零八落地躺在床上，看电视。电视里正放着一个地主婆子勾引长工。地主婆子火烧火燎的，说："那老不死的早就没用了，我守了十年活寡呀。"

年轻的长工很紧张，叫："大奶奶，别这样。"

地主婆子很疯狂，疯狂到只有这一门心思。她冲过去，抱着长工，推到床上。

她们都哈哈大笑，说："这女人厉害，霸王硬上弓呢！"

看看事情就成了。

正在这时，"啪"的一声响，门开了。那个地主，撅着胡子，瞪着眼，怒气冲冲地站在门口。

地主婆子像着了火一样蹦起来，长工也像着了火样蹦起来。

这些少妇们都停住了笑，都叹息一声，这地主来得太不是时候了。

这个说："哎，你在家时，也这样吧，猴急猴急的。"

那个说："我跟我男人不急，跟你男人猴急猴急的。"

一阵哄笑。笑得快溢出了泪。

唉，谁都有笑的权利，谁都有快乐的权利呀。即便这种快乐很低俗，可毕竟是发自内心的快乐。

她们在哄笑的时候，只有刘三姐坐在角落里，发愣。她在想什么呢？没有人知道，也没有人注意。

这里的浴城，只有下午和晚上开，中午十二点，到夜里十二点。上午，刘三姐就在家里做家务。洗衣服，做饭。她得做两顿饭。午饭，晚饭。

午饭，还赶上和女儿一起吃。晚饭，她不回来吃，只和姐妹们吃点儿烧饼，就白开水，对付对付。女儿呢？放学回家，将中午的饭菜热一热，吃了。然后做作业。做完作业，洗脚睡觉。

每天都这样，女儿很懂事，跟她的名字一样，很安稳。

就这样，女儿上了中学，上了大学，后来，毕业分配，竟然分到了南京。

那段时间，看得出刘三姐心里很甜，做着做着脚，会笑出声来。

而那段时间，我也每星期都到"香水有毒"去消费一次。我不会去找小姐的。我没钱。有钱我也不敢。我是那种胆小如鼠的男人。可胆小如鼠，也是男人呀。男人，总得找点儿排遣的方式。我觉得做脚挺适合我，又无伤大雅，又能找回一点儿感觉来。

何况，我已经是独身男人了。为了追求自由、理想的爱，我悄然搬出我的那个家。可没多久，我就感觉到所谓的自由、理想的爱，实质就是一种美丽的谎言。"出得龙潭，又入虎穴。"

我没有办法，只有到这种地方来，躲避谎言。

我的脚，都是由刘三姐做的。我这人认生，刘三姐做熟了，就不愿再找别人做。我觉得她对我的态度，要比别人好得多，我很满足。

这一天，我又来了。照例是刘三姐给我做。她做得很用心，一招一式，都让人舒适。

"我女儿有对象了。"她说。

"噢。"

"南京的，他父亲是医科大学教授。"她又说。

"噢。"

"今天，他到我家来了。问我做什么。我说，我是单位会计。"

"其实，你的长相很斯文，很像一个会计。"

"嘻，还会计，阿拉伯数字都认不全。"

顿了顿，她又说："明天我就不来了。我女儿让我不来的。她说每月寄钱养活我。"

"你女儿真懂事，知道疼你了。"

她摇了摇头："哪呀，她是怕我给她丢人，她知道要面子了。"

"她大了。"

"是啊，她大了。"

说着话，做完了。我看着刘三姐认真地把做脚的工具在毛巾上擦拭干净，放在包里。她扬起脸又向我笑了一下。我第一次发现她的笑容里爬上了许多皱纹。

算起来，她今年该有四十五六了吧。

她转身要走，却又回头说了一句："我那死鬼回来了。"

"什么？"

"我那死鬼老头回来了。"她又说了一遍，声音还很轻。说完沿着过道，走向里间去了。

这回我听清了。我闭上眼睛。那一刻，我忽地泪流满面。

列车在黑夜中行进

　　我到南风镇时，是上午十点钟。父亲正在门前摆弄着大白菜。大白菜一齐靠在墙根，好像在接受检阅。这些菜的品相不太好，有的叶子发黑，大概是冻烂了。

　　"哎——"父亲听到动静，回头看到我，又往左右看看。他在找车子。

　　我直接向母亲走去。

　　母亲坐在门口，面前摆着一个笸箩，里面摊着黄豆，有黑有黄。母亲正把黑的往外挑。自从两年前得了脑梗死，母亲变得不爱说话，遇到人也不招呼。我说："怎么黄豆都坏了？"她也没看我："天天下雨，在地里就坏了。"母亲思维很清晰，说话很利索，让我很高兴。父亲说："拣拣起来走走，伸伸腰，老低着头拣，眼会疼，头会晕，腰也会酸。"母亲抬起头看看父亲，没有吱声，把挑出来的黄豆，往一只蛇皮袋里倒。我赶紧过来帮着她理袋口。哗啦，黄豆倒进口袋里。母亲抬起头，看了我一眼，忽然对父亲喊："客人来了，还不去弄中饭！"

父亲换上做饭的衣服，头上戴着灰色的帽子，腰系围裙。帽子是我原来戴的，上次回来时，落家里了。父亲说："你有空帮我买顶帽子，鸭舌帽，呢子的，深颜色。"我说："好。"父亲又叮嘱："五十六厘米，不能大也不能小。"我说："没问题！"

吃完饭，上楼休息了一会儿。我做了一个梦，梦到自己在一个高级宾馆的电梯里，电梯上上下下，却总是停不下来，我无法出去。电梯门终于开了，不料大厅里蹿出一条狼狗，一口咬住我的手不放，我怎么也挣不脱。周围的人走来走去，没人理会我，我疼痛难忍，大叫一声"我命休矣！"，然后醒了过来。

其时，已是下午三点钟。我走下楼，母亲仍然在门口拣豆子。还有两个妇女坐着聊天。我坐在里边，跟小静发微信。小静问我什么时候回。我说四点出发，五点左右到。她让我最好早点儿到，别让她多等。我说好。两个妇女在奉承我母亲，这个说："她可不是一般人，我们小时候，她就是大队干部，威风着呢。"那个说："我听过她讲话的，跟断案一样，没人不服气的。"母亲听到这些话的时候，微微笑着。我知道，她老人家在回忆过去。是的，母亲做过好多年大队干部，前三庄后五村，享有一定威望。

谈了一会儿，两个妇女到对面油坊去了。一直没有说话的母亲，抬起头来，说了一句话："××的嘴到底多能说呀，比县长还能说！"父亲哈哈大笑起来。

三点半钟，我拎起包，准备出发。父亲说："不来接吗？"我说："不让用公车。"父亲挠挠头，说："对，就要这样，八项规定嘛。"我上了一辆中巴车。车上，有几个孩子穿着统一的服装，上面印着"××中学"字样。我看到有一个女孩特别像我的女儿，她在跟一个同学说话时，忽然脸上呈现出羞涩，还吐了下舌头。我女儿今年上大二了。我猜想她此刻正在图书馆写作业。上午我给她发了个微信，她说在准备入党培训优秀学员代表发言。我说："你好好写。"她说："写好了，老爸帮我修改一下吧。"我说："自己的事自己做。"

一个小时后，我和小静坐在南下的火车上。列车在黑夜中行进。我和小静在下铺面对面坐着。

我扭头看窗外，想看看窗外的夜色，却看到车窗上映着自己模糊的脸。这张脸略显肿胀，灰白无光，没有表情。小静也在看窗上的脸。她的脸仍然静静的，但眼神有些空洞。十年前，我从小县城满怀憧憬来到市里，风华正茂，意气风发，现如今我近五旬，却面色灰暗，黯然离去。十年前，我父亲刚刚从人民教师的岗位上光荣退休，如今年过七旬，一天比一天苍老。十年前，我母亲风风火火，如今只能坐在门前安静地晒太阳，半天不发一语。十年前，小静刚上大学，离开家乡到一个陌生的城市，前途是一片光明美好，现如今却要与我远行，不知所向。

我回过头对小静说："给我爸买两顶帽子吧，呢子，鸭舌帽，五十六厘米，我发个地址给你，直接寄到我爸爸家。"

"我们还是回去吧，想办法把单位的钱还上。"小静忽然抬头说。

"开弓没有回头箭，就如上了这趟车，不可能再掉头行驶。"

"可是……"

"可是，如果回去，我们什么都没有了，还得坐牢。"

小静不再说啥，打开手机，上淘宝。

车厢里传来缠缠绵绵的歌声：

每一辆火车／前进必须沿着轨道／跟随着记号／往平淡或热闹／没一辆火车／是累了就随时能停靠／我迈向目标／却又想要逃……

"这叫什么歌，谁唱的？"我问小静。

"是邓紫棋唱的，《单行的轨道》，大叔。"上铺的女子探出头来回答，头发立即垂下来，遮住了她胖胖的脸庞，眼睛从头发中挤出来，盯着我。我心中升起了对满世界的恐惧，只想逃离。

"好了，估计两天后就到了。"小静说。

"到哪儿？"我抬起头。

"帽子呀，到南风镇。"

我就知道这么多

单位最高层是十四楼，我就在这层的最西边办公。不是越高的楼层地位越高，事实正相反，此时我正走低。原本的热闹不再，清静得可怕。

房间是由小仓库清理而成。我代替仓库的物品，或者说，我成了物品。

由于是顶层拐角，房间设计特殊，西北面呈弧形，一格一格的玻璃窗共四面。东南两面是墙。整体像放倒的扇面。我就坐在这扇子上装模作样办公，做些无聊的事情，常常一伸胳膊，一仰身，缓缓站起，倒背双手，到玻璃窗前，一格格巡视，思考人生。

北面是居民楼，共九层。顶楼是后加的，该是违章建筑。顶子上是七错八齐亮闪闪的太阳能，经过风吹雨淋日晒锈迹斑斑的空调机，还有三三两两的红砖块。六楼以下有墙体，安上笼子样的凸出来的防盗窗。六楼以上是清一色整面整面的绿色窗户，大部分关着，少部分开着，开着的可以看到整个卧室和客厅。关着的窗玻璃上映着我这幢楼的影子斑驳陆离，阳光从某一扇窗玻璃上反射过来，夺人眼目。人生就如这面墙，有的在光明中行走，有的在阴影里站立。

我喜欢琢磨这关着的窗内的人生，我也喜欢欣赏这开着的窗内的人生。

我看得最多的是九楼，因为九楼我看得清楚些。

我能看到一个窗口，一个很年轻的女子经常坐在卧室床头的电脑桌前敲击键盘，一坐就是半天。我不知道她是在玩游戏，还是在网聊。她不出去工作，靠什么生活，为什么没有男人来看她，这引起我极大的兴趣，我很想探究其中的奥秘。

我看到一个窗口，一个少妇在往回收晒干的衣服，每收一件，她都要闻一闻。

我看到一个窗口，一个年长的男子怀里抱着一个小孩。男子向窗外指指点点，让小孩看。看什么呢？看对面也就是我们这幢楼，看楼顶上的蓝天白云，还是楼下的芸芸众生。小孩站在窗台上，两手扒着窗玻璃，想把窗玻璃移开，但是没移开，他张开巴掌，不停地击打窗玻璃，脸上漾开快乐的表情。我能听到他开心的笑声。

我转过身来，到西边的窗口，此窗临街，车水马龙，喧闹异常。

有一天，我看到五个场景。

第一个场景：一个女同事戴着太阳帽，脸上盖着口罩，急匆匆地往北走去，过了一会儿又看到她回来，手里拎着一个鼓鼓囊囊的塑料袋，里面大概是刚采买的菜。

第二个场景：一个部门男经理跟一个女员工一前一后，往停车场走去。经理拎着包，走得快，在前边。女员工挎着包，在后面走。忽然，后者向前紧抢几步，在经理的身上搽起来。经理回过头来，跟女员工说些什么，女员工哈哈地笑着。经理拍拍女员工的后背。

第三个场景：一个男同事从对面停车场出来，大踏步过马路往这边来。该同事之前与我关系不错，隔三岔五喝酒打牌，但最近有些疏远。其间，他跟部门男经理和女员工迎面相撞，他们热情地打着招呼，好像还说了句什么，男经理和女员工都大笑。当他走到马路中间的时候，我看到他的口袋里掉下一串东西。是钥匙。但他没注意，继续意气风发地前行。我本能地给他打电话。他掏出手机看了看，没有接，放在口袋里。然后，他消失在我的视野中——应该进楼了。我眼睁睁地看到一个老头从一辆电动三轮车上跳下来，捡起钥匙，跳上车，疾驰而去。

第四个场景：一个我熟悉的女人走下一辆我熟悉的车，边走边打电话。她走得很稳健、很从容，好像在执行一项命令，参加一项战斗，胜券在握，志在必得。她走进大楼。

第五个场景：一个小时后，她走出大楼，边走边掏手机，把手机贴在耳边，走到停在路边的一辆我熟悉的车前。她上了车。十分钟后，车子启动，拐了个弯，向南去了。

　　办公桌上的手机响了一下。

　　还是讲另外一件事吧。楼对面的那幢楼，一二两层是商用的。一楼是大的中式快餐店；二楼主要是西式简餐，还有一半是初高中辅导中心，因为靠近几所学校。三楼往上都是住宅楼层，其实是单身公寓，主要租给在这里带孩子念书的家庭，因为靠近几所学校。

　　说说前文讲过的那个经常在卧室敲电脑的女孩吧。她不是本地人，是为一个朋友而来，她跟他是在网上相识的，她未婚，而他已婚。他花钱给她租在这里，每月给她两千块钱零花钱。他开始来得多，后来就来得少了，再后来就不来了。春节前，女孩回了老家，春节后再也没回来。

　　春节时，她还在微信朋友圈里发了这样一条信息：大哥，你想我了吗？但大哥没有回应。

　　单身公寓的结构是这样的，从南到北，依次是阳台、卧室、客厅（有沙发、电视、饭桌、椅子）、卫生间，厨房就在门里面的过道上。

　　我知道的，就这么多。

　　别问我为何知道这么多！

我们都爱张二狗

下午六点钟，我下楼，沿人行道北行。过一条马路后，路变得窄起来。没有人行道，人车杂行。走了两百米，转而向东，又走两百米，一片宽阔大道。我沿着路西边的人行道走，不时与对面的人相碰。上坡，往一座大桥上走。下了桥，过了马路，看到"张二狗"。我看手机，六点十九分。

"张二狗"不是人，是个排档。张二狗排档的老板叫张二狗，当然是个人。红布篷子外面印一行字：张二狗特色猪脚砂锅，表明这家店的猪脚砂锅非常好吃。内里摆七八张桌子，已经爆满。我挤到最里面一桌——已坐着一对中年男女。男的比较胖，女的净瘦。女的抬头看我一眼，便低头把一块猪脚塞到嘴里。这里的猪脚不用啃，炜得死烂，筷子一挑，就离骨了。即便没离骨，舌头轻轻一搅，便骨肉分离，吃下去的是肉，吐出来的是一块块小碎骨。我起初吃不惯，认为到嘴里没有"咬嚼"。我喜欢吃卤猪脚，啃起来过瘾。但后来还是喜欢上了张二狗。因为卤猪脚吃到嘴里都是作料的味，张二狗的猪脚吃起来，才是正宗的猪脚味，甚至有一种淡淡的猪屎的香味。

一个满头白发的胖老太太走过来。我每次来，这老太太都乐乐呵呵的。如果这老太太生在大户人家，一定有雍容华贵之态。可惜这老太太没这命，只得身穿普通的棉衣，系普通的围裙，端锅碗，穿行于食客之间。我说："来个猪脚砂锅吧。"她说："别的呢？"我说："别的再等等。"

我在等女朋友。我们俩是一起出门的。我打南边来，她打北边来。南边是市区，而北边比较空旷，已是城乡接合带。她出她那个厂区就要走五六分钟，然后过两条街就到了。那两条街以前是步行商业街，曾经繁华，现已凋零。我女朋友穿过这两条留下她多少青春记忆的商业街，会不会因缅怀已经逝去的青春而惆怅不已？我曾陪她走过这条路，她讲给我听，这是什么时装店，那是什么皮鞋店，她一有空就到这里来试衣服，往往试半天，一件也没买。而现在，这里只剩下一些五金批发店，还有花圈店、寿衣店，一片死气沉沉。

果然，她跟热气腾腾的猪脚砂锅一起进来。砂锅汤白白的，一只猪脚静卧在汤中的白菜与粉丝之中。女朋友吸溜一声。看来，她胃口大开。

我又点了两个菜，韭菜炒蚬子，雪菜小黄鱼。这都是她喜欢吃的菜。又炒了一个菠菜。她喜欢绿色。女朋友让老太太拿两个杯子来，边说边从怀里掏出一瓶黄酒，放在桌上。对面那女的看了我女朋友一眼，又看看胖男人。胖男人也正在看我女朋友，看他女人看他，立即把目光从我女朋友那里收回。我笑了。

对面那女的，吸溜喝了一口汤，说："要不你来口汤吧？"胖男人咽口唾沫说："算了，来时量了，下压都超过一百，都忍到现在了，等你喝完了就好了。"那女的笑，吸溜又喝一口汤。

我女朋友拿起筷子，撷了一块肉放到我面前的碗里。我忽然想，如果哪天，血压也高了，也不能吃猪脚，不能喝酒了，那日子多么难过啊。我听到那胖男人又咽了下口水。

看到这个男的，我忽然想起张二狗。每次来，都是一老一少俩女的，老太太在里边忙，中年妇女在外面烧菜，张二狗怎么从没见过？我禁不住说出声来。

对面那个女的放下汤勺说："其实张二狗早就走了。"

我一惊："走了？"

"私奔了，有一个女的老来吃猪脚，从喜欢猪脚，到后来喜欢上了张二狗。后来，张二狗丢下他妈和媳妇，带着那女的，跑了。"那女的说。

那男的喉咙又响了一下，女的舀了一勺汤递去，叫道："喝一口，就一口，死不了。"男的伸过头，把汤勺含在口中。女的收回勺子，狠狠地瞪了男的一眼："你是不是也想跟张二狗学，跟哪个小婊子私奔啊！"

我女朋友笑了。

我们又要了一份猪脚，但没吃完。每次总是这样，吃一份不过瘾，第二份又吃不完。我常常想，其实吃一份就够了，但我不想省那份钱。

吃完，我们离开。比我们先来的那对男女还没走。我不知道他们要在那一份所剩不多的猪脚汤面前等到什么时候。

我往南走，女朋友却往北走。我喊她，她好像没听见。我看到她拐过一条街，消失在一片建筑中。

路上，我在一家超市的门口站了一会儿，超市已经关门，上面贴着封条，还有告示，大意是：你公司存在重大火灾隐患，必须停业整顿，落款是××市公安局。

该来的终于来了，该走的也应该走。我就是这个大型超市全省片区的一个中层，因工作关系，经常行走于全省各城市。而由于某个国际事件，该超市已经走上绝路。这也是我最后一次履行职责。

回到宾馆，我拿下行李，到前台结了账，打的奔火车站。

火车票是四个小时后的。

司机说："现在这时候往火车站正好堵，您不着急吧？"

我说："不着急，时间还早。"

司机说："下次您再来就好了，高架通了，从这上去，十分钟就到了！"

一只狗在地上拖

    小区里最近闹得凶，居民夜里经常被吵醒。不用侧耳细听，就可判断出两种声源。一是狗叫，一是夫妻吵闹。

    狗总在深夜两点时叫响。叫得没有什么特色，汪汪汪，汪汪汪，连着声，尖细，可知这狗不粗壮，也不是土狗，而是洋狗。因为土狗声音洪亮。再者，土狗忠诚懂事，一般都不会在半夜三更叨扰主人。

    我不太懂狗。这些都是听小区邻居议论的。

    夫妻吵闹，是在狗叫之前，大概半夜一点。先是"笃笃"敲门声，再是"啪啪"拍门声，再是"咚咚"擂门声，最后是"嘭嘭"踹门声。然后门开了，就是吵闹，摔东西，一声比一声大。大概闹了一小时，声音终于平息了。于是，那条洋狗又起叫了。

    小区知情人说，夫妻吵架，是男的外面有人，经常夜归，女的生气，就吵闹。也有的说，是女的外面有人，男的经常在外喝闷酒，回来就闹。

到底怎么回事，我也弄不清楚。但有消息称，两个人外面都有人。

"都有人吵什么，神经病。"那人愤愤地说。

"赶紧离婚，各过各的，不想离，就各玩各的，吵什么！"另有人介入，皮笑肉不笑。

后来，狗不叫了。因为狗被打死了。我没有看到狗怎么被打死的，但我看到了狗被拖出小区。

2017年6月4日，高考前三天，星期天，早上八点钟左右。我起床，到小区门口的早餐店吃了碗鱼汤面，又吃了一根油条。觉得浑身精神。起身准备去菜场买菜，路过小区门口时，正好从里面说说笑笑走出几个人来。几个人到小区门口站住了，分为左右，正中央闪出一人，手里拖着一根绳，绳头上扣着一条狗，满头是血。狗果真不大，是个洋狗。我没看仔细，那人已经拖着狗出了小区，向北去了。地上一路暗红的血迹，呈一条曲线。

"狗怎么死的？"经过小区门口的人问。

"打死的。"有人答。

"为啥打死？"又问。

"叫，半夜叫，叫得邻居睡不着觉。"又答。

"谁打的？"又问。

"狗主人呗。"又答。

"怎么打死的？"又问。

"绳子套在脖子上，勒住，用个袋子套到头上，拿锤子打，死了。"又答。

"打死了干啥？"又问。

"叫嘛，夜里叫！"又答。

"不是，打死了，拖哪儿去了。"又问。

"卖给小饭店，吃狗肉呗。"又答。

我在小区门口，看着这一路暗红的血迹，想到晚上，某个小饭店的饭桌上，一盘狗肉香气四溢，被客人就着酒吃到肚中，不由心里一阵发虚。

就在狗被打死的当天夜里，那对夫妻的吵闹声也没了。连续几天，都没了。夜里静得可怕。

对了，我忘了说。当那条狗在地上被拖行之时，我看到有一双眼睛，在人群当中，死死地盯着这条狗。那是一双男人的眼睛。然后，那个男人，将手里的烟头扔在地上，狠狠踩灭，转身进了小区。我看到他扔的烟头，正在那条血线上。那个人的皮鞋上，已经多多少少沾上狗血。狗血将随着那个人的皮鞋，进入到这个男人家中。

对了，我还要告诉你，我跟狗和那对夫妻都是邻居，每天都要等到夫妻吵闹及狗叫唤之后才能睡着。2017 年 6 月 5 日凌晨，我在等待着那对夫妻的吵闹，但没有等到。我又等待那条狗的叫唤，当然也没有等到。于是我睡不着，到凌晨四点钟时，我站起来，到阳台的窗前，点着一支烟，对着夜空沉思。一支烟抽完，我随手把烟头扔到楼下。这时，我看到有一个寂寞的身影走出小区后门（由于是老小区，后门没有门卫），他的手里拖着一个很大的拉杆箱。不知为什么，我想起昨天早晨的小区大门口，一个男人将一条死狗在地上拖行。

再看，那个男人已经不见了，空留下一个灰蒙蒙的雨夜。

随后的几天，没有人听到那对夫妻的吵闹，也没有人看到那对夫妻。

但是谁也没有提起这件事，仿佛各自的心里，都有一个天大的秘密。

2017 年 6 月 12 日，也就是狗被勒死一周后，也是早上，也是八点钟，我在小区门口的早餐店吃了碗鱼汤面，又吃了一根油条，准备去菜场买菜。我看到那个男的拉着拉杆箱走过来，身旁是一个女的。

他们有说有笑地走进小区。

"那个女的，是他妻子吗？"我有点儿疑惑。

"你说是谁？"门卫是个歪嘴，正在吃鸡蛋饼。

"你看到了吗？那女的头上有个洞。"我说。

"要上医院吧？"他有气无力地白了我一眼，原来眼也是斜的。

我什么都管不了，包括我自己

我从县城去市区，坐公共汽车。车上人并不多，有的是先买票后上车，大部分是先上车后买票。我是后者，因为我没能力报销。我很坦诚，坦诚到自己都无地自容。

闭目养神。乘车的都是劳苦大众，我无须关注。况且我很疲倦。

"我不要票，就应该少点儿，凭什么跟车站打票一样多？"那个妇女刚上车，就喋喋不休。她带着两个孩子上车的，孩子四五岁的样子，双胞胎。穿着一样的衣服，剃着一样的头发。他们在母亲的旁边坐下，这个拍那个一下，那个也拍这个一下，嬉嬉闹闹。

多可爱的孩子啊。

车上的另外几个人也在看这兄弟俩，或许都在心里放松地笑一下，这样感慨。

"应该比车站打票至少少五块钱，因为我们不要票。"那妇女嘴仍没停下。

"站里站外都一样，要票不要票都一样，况且，你还带着两个孩子，我们都不要打票。"售票员正在向别的乘客收钱，还回头解释。

"孩子这么点儿大，凭什么要打票？"妇女的声音提高了。

"是啊，我们不是没要打票嘛。"售票员说。

车里人都笑了。驾驶员也回头笑了一下。双胞胎也停止嬉闹，笑了一下，大概觉得大人的事情不好玩，又自己嬉闹起来。

妇女愣了一下，说："不是孩子的事，是我花钱了，没要票，要票跟不要票不应该是一个价。"

"你要是觉得不值，你可以去打票。"售票员说。

"我又不报销，我要那票干啥。"妇女说。

"还是的呀，不报销还有啥说的。"售票员已经挨个收完票，往回走。还把过道上的小孩往座位上推了推，提醒注意安全，汽车正在行驶中。

"你是说我没本事报销是吧？你们就欺负我是家庭妇女，不是公家人是吧？"妇女突然激动起来，声音更高了。

其时我正努力闭目养神，被声音惊醒，睁开眼睛。

"人家全车人都没说啥，就你一人说个不停，车子没开时你说，车开了半个小时，你还在说，你觉得有意思吗？"售票员声音似乎也高了。

"怎么没意思，难道就没有讲理的地方吗？"妇女吵起来。

"行了行了，别吵了，别影响别人休息，给你五块。"售票员拿出五块钱扔给妇女。

"你什么态度！"妇女几乎是吼叫起来。

"你要我什么态度！"售票员也叫起来。

车子忽然在路边停下了。一直没说话的驾驶员转过来："臭婆娘，烦不烦人呀，一路上就听你鬼吵，再吵给我滚下去！"

妇女不吱声了。

全车人都不吱声。

"哇——"两个小孩几乎同时哭起来。

妇女把两个小孩搂在怀里，再没有说一句话，直到下车。

我一直在闭目养神。

这是十年前的事了。此时，我正在城市的公交车上，捧着手机，看一则新闻，标题是：这不是演戏，江苏淮剧团团长夺刀斗歹徒。全文如下（看过此新闻的可以忽略）：

2017 年 3 月 9 日中午十二时许，南京市江宁开发区天元中路某汽车 4S 店门口和江宁区万达广场先后发生持刀伤人事件，共有两名群众被一名女子持刀划伤。江宁警方当天抓获犯罪嫌疑人张某某，张某某对持刀伤人的有关案情供认不讳，目前张某某已被刑事拘留，此案正在进一步调查中。

当记者电话联系到正在北京紧张筹备《小镇》演出的陈明矿时，他连连道："没做什么大不了的事情，当时没想那么多，就是想救人，千万不要神化我。"

在陈明矿的叙述中，我们还原了当时惊心动魄的一幕：当日在南京出差的陈明矿就住在这家酒店，经过酒店大堂时，正好遇上了歹徒持刀行凶。"作为一个男人，看到这种情况没有其他选择。"陈明矿的第一念头就是冲上去夺下砍人者手中的刀。制服歹徒后，他没有立即离开，反而是对行凶者耐心劝服，让她自己投案自首。

"回想起来还是有点儿后怕。"陈明矿坦言，因为怕家人担心，这事对谁都没有说，包括自己的夫人，但却因为一封感谢信而"曝光"了。面对受害者的谢意和铺天盖地的表扬、称赞，陈明矿说只是做了自己该做的事。

目前，脸部受伤的周小姐正在接受治疗中。"如果没有陈明矿，后果不敢想象。"周小姐家属告诉记者，"这种感恩的心情无法用言语表达，小周今年才二十岁，她以后的生命、容貌都是陈明矿给的，我们一家人会感激他一辈子！"

看了这则新闻，我忽然就想起了十年前公共汽车上的一幕。两者没有丝毫关系，请别过度解读。特此声明。

这些年我一直很努力

车子在宾馆后门停下，我没有下车，她也没有下车。

不断有人从门里出来，从门外进去。

一阵沉默之后，我先开口："为什么都不走前门，走后门？"

"因为有后门。"她说，解下安全带。

我故作高深："因为后门一直开着，因为后门隐秘，因为——"

"因为男人爱走后门。"她把上衣整了整。

我一愣，她却哈哈地笑了，说："有时候，女人也爱走后门。"

又是沉默，我说："这些年你也没闲着。"

"是啊，我这些年一直在努力。"她低头摆弄碟片，想放一首歌。

"努力什么？"

"活出人样！"她淡淡地说，但在我耳边却犹如宣言。

"怎么才能活出人样？"我问。

"有钱！"她说，歌曲终于放出来了。我听不出是什么歌。

"对，我没有钱，但我渴望有钱，因为有钱才能得到尊重。"我还没有回答，她又接着说。

"你跟老板关系怎样？"我问。

"没关系，他是他，我是我。"她摘下眼镜，张开嘴在镜片上哈出一片雾气。

"可是，你的车是他买的。"我身子往后仰了仰，让自己舒适点儿。

"我能开他的车，他却开不了我。"她拿布擦镜片，把雾气拭去。

"怎么证明你们没关系呢？别人一看就知道有问题。"我眼睛看着车顶，车顶上有一块暗渍。

"我为什么要证明！"她把眼镜戴上，镜片在眼睛前闪亮，有点儿深奥。

我低头沉默。

"不要证明，他有钱，他外边有年轻的女人，不止一个。"她说，"我只需要把公司业务搞好，让他安心在外面玩。"

"那你这些年干什么了？"我的目光从那点暗渍上移开。

"我一直在努力，努力挣钱，活出人样。"她狠狠地说。

话绕了一圈，又回到原点，我只好沉默。

"我在努力认识人，寻找生命中的贵人，寻找改变我命运的人力资源。我先是参加各种学习，考各种证书，考证书是一方面，主要是发展了不少同学。考驾照时认识了不少师兄师弟，大家玩得很嗨，可是除了吃喝外，没落到什么好处，还经常被他们口头占便宜，都不是什么高层次的人。还考了一些资格证书，什么会计证、计算机证，但都没派上什么用场，成了废纸一张，也没结交到什么高人。后来发现真正的高人都不干这些事，这些事都是苦命的人干的。高人都在玩，找着法子玩，都在养生，强身健体。于是，我就去参加各种协会，什么游泳协会、乒乓球协会、瑜伽协会，在这些协会上，确实结交了一些高人，可是跟他们玩了几次就歇气了，你知道为什么？太累，都是小母牛骑摩托车一样的人物。"

　　"什么叫小母牛骑摩托车？"我在她滔滔不绝中插了一句。

　　"牛逼轰轰呀！"她咯咯地大笑起来。

　　笑了一会儿，她接着说："这个总，那个总的，人家谈的，我根本插不上嘴，还有，人家也不顾你，也顾不上你，在他们中间，咱跟要饭的一样。后来，咱就不跟他们玩了，咱得一步一步来。"

　　"对，一步一步来。"我应付着。

　　"最近呀，我不断地在加微信群，各种微信群，我把群里一个一个人找出来研究、分析，有价值的，就加，没价值的，闪开。最近，我加了一个群，好家伙，都是大腕，那个群主不断拉人进来，进来一个介绍一个，什么国家某部某办某主任，某集团某总，某协会某主席，可了不得了，把我唬得一愣一愣的，我被拉进去的时候，群主也郑重其事地介绍，某公司销售部葛总，好家伙，下面还一片欢迎声，挺有成就感。"

"那你赶快瞄准目标呀。"我说。

"当然，瞄准目标加了几个，聊得挺像那么回事。微信真好呀，天南地北，也没见过真人，可以敞开来聊。最近聊了个文化局局长，说要资助我出书，资助我开书店。"

"出书？你写了吗？"我问。

"写屁，我哪有闲心写呀，不过是吹的，不是跟你后面读过几本书嘛，不过我倒想写本书，就写我们游泳协会会长，她的奋斗史绝对可以写一本书，可是现写来不及，你不是有本长篇小说一直出不来吗？要不让给我出吧。"

"还是你自己写吧。"

"嗯，估计你也舍不得，那你就放到死吧。不过，他资助我开书店倒是好主意，有专项资金扶持，反正不亏，我可以弄个文化沙龙，到时候，你可以来讲课，我给你讲课费，也算我当初离开你的一个补偿。"

"好吧，我等着。"

"我这些年一直很努力，可是你这几年还是那样，落了个名，没落到钱。"她叹息一声。

"我这些年也一直很努力，说不定会一下子就有钱了。"

我说。

"好吧，下车吧，你不是今晚有领导宴请吗？时间差不多了，上去吧。"她说，系上安全带。

"其实我可以推了，晚上跟你一起吃个饭。"

"不必！"她义正词严。

我下了车，挥手告别，进了门，在大厅里坐一会儿，然后从后门出来，拐进一个小巷，找到一个小酒馆，点了两样菜，拿了一瓶二锅头，自斟自饮。

我给领导发了个短信：我在乡下，今晚的宴会我不能参加。

领导回了一个字：好！

唉，这些年，我确实一直很努力。

沈丽要来

　　酒喝了一个多小时，主人接电话。放下电话，他说了两句话，一句是，朱伟马上就到；另一句是，沈丽也跟着过来。

　　朱伟我们都熟悉，著名诗人。沈丽是谁？我却没有印象。

　　座中立即有人笑起来："沈丽要来，噢，沈丽。"

　　我低声问身旁的朋友："沈丽是谁？"

　　"啊，沈丽就是沈丽，你看了一眼就忘不了的沈丽。"身旁朋友没有说话，另有人搭腔。

　　立即有人附和："是啊是啊，不一样的美丽。"

　　一片笑声。

　　座中一老作家，人称唐大大，是喜热闹之人，当即朗声大笑而起，把自己的座位往旁边移，说："沈丽来了，赶快腾席位。"

　　立即有人道："沈丽要来，唐大大最兴奋。"唐大大说："当然，我们是老熟人了。"又有人说:"唐大大,你如何跟沈丽是老熟人?"唐大大说:"去年龙岗桃花节,她是组织者,吃饭时,她敬我酒的。"这人追问:"然后呢?"唐大大说:"没然后了。"座中人都笑了:"哈哈,唐大大跟沈丽见了一面,就是老熟人了。"唐大大也笑,说:"对了,酒喝完了,她又敬下一个,还回头冲我一笑,礼数相当周到,那回眸一笑,让人印象深刻,终生难忘。"

有人说:"古人云,只缘感君一回顾,使我思君朝与暮呀。"

又有人说:"古人又云,有美人兮,见之不忘,一日不见兮,思之如狂。"

又有人说:"古人还云,绝世而独立,一顾倾人城,再顾倾人国,说的就是唐大大眼中的沈丽。"

于是一起敬唐大大酒,气氛空前热烈。

一片热闹声中,我脑袋里闪出一个人来,莫非是她?

去年龙岗桃花节,我也参加了,不过在台下站了一会儿,主持人请组织者讲话,好像是什么沈总。其时,上来一个中等身材女子,波浪头,长方脸,戴眼镜,笑容满面,身穿正装,颇有职场丽人风采,举止得体,优雅大方。并不要讲稿,侃侃而谈,一二三四,条理分明,普通话标准,节奏分明。当时我想,这个女干部好有水平,有高度,有深度,有广度,不落俗套,既引用了中央领导在文化方面的讲话,又引用了两句古诗。不像协办方的老总讲话,持稿照读,一口山芋腔,还错字连天,比如"熠熠生辉",念成了"习习生辉";再比如"桃之夭夭，灼灼其华"，念成了"勺勺其华"。

我在台下暗中喝彩，不料旁边有人嘀咕："果然好才华。"

立即有人搭腔："周总看中的仅仅是她的才华？"

"哈哈！"

"哈哈哈！"

在笑声中，我有事先走，并没有参加招待宴，所以也就没有跟她喝酒，也没有看到她礼数周到，回眸一笑。

正思想间，门声一响，大家都停止喧闹，目光齐刷刷聚向门口。门一开，进来的原来是个服务员。大家目光仍未收回，都以为服务员在前引路，后面进来的是朱伟和沈丽。那服务员随手把门关上了，大家只得把目光收回。

"你们还需要什么主食吗？"服务员问。

"早呢，早呢，还有重要客人没来呢。"唐大大道。他叫过服务员："姑娘，再摆两套餐具，就在我旁边，还有客人过来。"

服务员答应一声，便低头在门口的柜子里找出餐具，在唐大大桌旁放好。

"为什么沈丽跟朱伟在一起呢？"忽然有人疑问。

主人一边帮服务员整理餐具，一边解释："他们在一起参加活动，我只请了朱伟，没请沈丽，但朱伟跟沈丽在一起，就把沈丽带过来了，都是朋友嘛。"

"那唐大大就放心，不要受朱伟影响。"有人起哄。

"我从来不受他们影响。"唐大大也笑道。

门声又是一响，大家眼光又齐刷刷射向门口。原来是一个朋友在外抽烟回来了，边走边说："哎，沈丽怎么还没来，这俩人干啥事，半天没到。"

"你比唐大大还着急。"桌上有人笑道。

"不是，我是替唐大大着急。"那人接声。

门声又是一响，有人叫："朱伟来了。"大家闪目观瞧，果然，朱伟闪身而进，身后却无人。朱伟掩上门，说："对不起，我迟到了。"

"沈丽呢？"主人问。

"对呀，你把沈丽带哪儿去了？"唐大大也问。

大家的目光都聚在朱伟身上，都在发问。

"沈丽走到半路又回去了，说喝多了，回去休息了。"朱伟道。

"噢——说来咋又不来了呢？"大家都回过头，唐大大也回过头。

"唐大大白忙了一回。"有人说。

"你快入席喝酒。"主人招呼朱伟。

朱伟却回身打开门，弯腰做了一个请的手势。

一个女人朗声大笑，晃身而入。

"哈哈哈，我来迟了——"

我终于近距离地看到了沈丽。

春天经过我家门口

　　小区门口向北，有一家药店，叫"春天大药房"。我写到这里的时候，老家县城的一个文友群里，一位前辈说：春天经过我家门口。立即有人附和：好诗意，好温暖。我像春天一样笑了。

　　我晚饭后闲逛，经过"春天"的门口，必进去一坐。原因有三：一是用电子血压计测量血压；二是用电子秤称体重；三是跟也来量血压、称体重的老太太聊聊天。或者还有四，那个在门口收费的女孩经常冲我莫名其妙笑一下，仿佛对我有点儿意思。这可以忽略不计，因为到现在还没有意思。当然，我更喜欢跟老太太聊天。

　　跟她们聊天，倍轻松。有时候坐公交车，我也喜欢坐老太太旁边，这样安全，避嫌。有一天，我刚坐下，旁边老太太就跟我聊上了。

"早上出来走走。"她说。

"是啊，走走好，这么好的阳光。"我知道这只是开篇。

"顺便到北边拿些东西。"果然，她接着说。

我注意到她脚下有一大包东西。

"鱼啊，肉啊，海货啊，都是春节时南边放不下，放北边了。"
她说。

"这么多啊！"我故作惊讶。

"吃不下，"她说，"北边是我们的房子，南边是儿子的
房子。"

"回去做饭给儿子吃？"我问。

"做饭给自己吃，"她说，"儿子一家在南边，孙子也在南边，
过年才回来。"

"南边？"

"嗯，深圳。"

"深圳好啊。"我感慨。

"好什么呀，太忙，就为那点儿钱。"老太太撇了撇嘴，"南
边的房子大，两百平方米，我跟老头子两个人住，没事这屋到
那屋，那屋到这屋，再下去逛逛，再上来做点儿吃的，每天
这么过，自在。"

"享福！"

"那是，享福，再不享福到什么时候啊，我都八十了。"

"您看着像七十。"我捧道。

"没心思嘛，他八十二了。"她一指对面座上的老头。老头睁开眼睛笑了笑，又闭上眼睛。

多么让人羡慕的老太太呀！

常来"春天"的有两位老太太。一位瘦点儿，爱喝酒，血压正常；一位稍胖，不喝酒，高血压。

"就是爱喝酒，喝点儿酒，吃块红烧肉，美，再用肉汤泡饭，这日子还要怎么过？"瘦老太太说。

"真有口福，她那么吃都不胖，我喝凉水都长肉。"胖老太太说。

"我一天两顿酒，中午一顿，晚上一顿，每顿不多喝，二两五，一瓶酒两天。儿子孙子来家看看，不带别的，就带酒，成箱的酒从车里搬下来。"瘦老太太说。

"二两五对她来说就是过个酒味，她能喝一斤。"胖老太太对我说。

"那是来客人了，陪客人喝。老头子不喝，儿子也不喝，一家就我一人喝，我不陪谁陪？"瘦老太太说。

"一般客人都喝不过她。"胖老太太说。

"反正没遇到对手。有一回一桌客人都被我喝趴下了，我跟没事人一样，又倒一杯，自己喝。"瘦老太太颇为自得。

"老头子夸她：'老伴儿，你真能干。'又到厨房给她炒个菜，看她喝。"胖老太太说。

"老大大真不错，自己都不喝酒。"我感叹道。

"我倒希望他能陪我喝两杯呢，他一口都不能喝。"瘦老太太撇了撇嘴。

"有时酒量是天生的。"我说。

"也不是天生，后天培养也很重要。我的呢，是家传，我爸就爱喝酒，天天喝，四岁时，爸爸就让我喝酒了，到现在，快七十年酒龄了。"瘦老太太说。

"您老七十多岁了？"我问。

"七十三，可要注意啊。"胖老太太乐呵呵地说。

"没事，我有信心，活到老，喝到老。"瘦老太太说。

"她这么喝，身体特别好，指标都正常。"胖老太太说。

"我那心脏，医生说相当于三四十岁人的心脏，充满活力。"瘦老太太说。

"她肯定长寿，活一百岁没问题。"胖老太太说。

"那是小目标，我爸爸活了一百零一岁，前年没了，记者采访他长寿秘诀，你知道他怎么说的？"瘦老太太说。

"喝酒！"我和胖老太太异口同声。

瘦老太太幸福地笑了。

有一次，瘦老太太问我："你喝酒吗？"

"喝点儿，但量不大。"我谦恭地说。

"好，有空咱娘儿俩喝一场，我请客。"

"哪能让您请，还是我请。"我越发谦恭。

"谁喝得多谁请。"瘦老太太说。

其后，我生病了，在医院住了两周，在家又休息两周。一个月后，我到"春天"，只看到胖老太太，没看到瘦老太太。

"她呀，住院了。"胖老太太说。

"咋了，她不是挺好的吗？"我一惊。

"唉，心脏病，还是先天性的，什么房缺，就是心脏缺一小块。"

"医生不是说她的心脏相当于三四十岁人的心脏吗？"我问。

"体检就是查查心电图，心电图正常。那几天老心慌，身上还肿，儿子把她送到医院，一查，先天性房缺。医生说，要是年轻时，做个什么介入手术就行，很简单，这么大岁数，谁敢做？"

"那怎么办？"我问。

"就没做。她还问医生，能喝酒吗？医生说，不能喝酒。她说：'我都喝七十年了，咋没事呢？'医生听了，愣了半天，没说出话来。"

"那我去看看她。"我说。

"你别去，她看到你，就想起要跟你喝酒的事，会不舒服。"胖老太太说。

其后我出差半个月。再到"春天"，胖老太太说："她走了，出院后，偷偷躲房间里喝酒，喝了一瓶，躺下睡觉，就再也没起来。"

"到底没跟她喝上一场酒。"我叹了一口气。

　　"你怎么老一个人？从没见过你家那口子。"胖老太太问。

　　我没有说话，只在心里说："等我老了，也找一个爱喝酒的老太太，相坐而饮，那是多么幸福的事啊！"

管闲事

从县城乘中巴回镇上的家，我坐在最后。车发动前，上来一人，我认识，是我们村里的小顾三。说是小顾三，其实比我大两岁。小时候常在一起玩，他个头高，敢说话，是我们几个玩伴的头。我们喜欢跟他后边混。在学校里挨欺负了，就去找他，让他为我们报仇。小顾三到我们教室门口，用手点指："呔，那谁，你给我出来！"那谁早就吓得屁滚尿流，趴在桌上大气都不敢喘。我坐在那儿，颇为得意，扬眉吐气。

这里说两件事。

第一宗。一天晚上，我们跟小顾三一起去看电影。那时候小，喜欢去各村看那种露天电影。那天放学前，吴庄的同学就说，今天晚上，他们庄放电影。回到家，吃过晚饭，我们就在小顾三的带领下，浩浩荡荡奔吴庄而去。电影叫《黄英姑》，打仗的片子。一会儿马上，一会儿步下；一会儿地主，一会儿土匪；一会儿八路军，一会儿国民党；一会儿深山，一会儿平原，好不热闹，让人眼花缭乱。演黄英姑的演员十分漂亮，英姿飒爽。特别是马上枪战的场面，让人热血澎湃。这片子，我们都看过好多遍，每次看都津津有味。其实最有味的不是电影，而是大家在一起玩的快乐。

看了一半，放映机出了故障，画面卡在那儿，放不出来了。放电影的吴光捣鼓了半天，也没捣鼓好，只得沉痛宣告：今晚电影到此结束，再见。

于是电影就散了。我们虽不想散，但也无奈。正往回走，却看到一伙人围在一起。我们赶紧挤进去，原来有一个人自行车脚踏板不知碰到什么外力，拐里边去了，转到一个地方，就被挡住，转不过来。自行车主人用力扳这个脚踏板，奈何力气太小，怎么也扳不动。旁边人看热闹，支着，都没有用。此时刻，人群中有一人发话："这有何难，我只需略施小力，就能将其扳正！"大伙都看这人，原来是一个黑脸壮汉，大伙道："那你扳呀！"那人哼了一声："哪能白使力气，我不多要，五块钱即可。"众人看自行车主人，车主犹豫不决。小顾三在一旁言道："你要有力气，就学雷锋做好事，扳过来，只怕是吹牛皮的吧。"黑脸壮汉不悦，说："我要是扳过来怎么说？"小顾三说："说明你有力气呗，能怎么说，只怕你扳不过来。"黑脸壮汉扳也不是，不扳也不是。小顾三冷笑一声，走出人群。我们也哄笑着跟着小顾三往回走。没走几步，忽听身后有人叫道："留步！"我们回头一看，正是黑脸壮汉。那厮抢步上前，对着小顾三，当胸就是一拳。小顾三跌坐在地。我们还没回过神来，那厮转身阔步而去，消失在茫茫黑夜当中。好半天，我们才明白过来，扶起小顾三。大家闷闷不乐往回走，再也没有来时的兴高采烈。

这是一宗。另一宗跟这一宗差不多，也是看电影。不过是春节，在电影院。不知怎么有两个人电影看不下去，在影院门口打将起来。小顾三好热闹，在旁边看。别人只看不说，他却按捺不住，在旁边评点。

"这一拳打得好！"

"这一脚尚欠力度！"

打架的俩人起先并不介意，越来越觉得不对劲。同时卖个破绽，跳出圈外，互使眼色，一齐挥拳打向小顾三。可怜小顾三哪里是二人对手，瞬间被打倒在地，脸上万朵桃花开。

这都是三十年前的往事了。

那一天在车上，小顾三搬着一箱酒上来。我本想跟他打个招呼，怎奈离得太远，他也没注意我。我就想等下车再说吧。

车到中途一个镇上停了下，下了几个客。车主想上几个客，就有意挨了会儿。忽然有人吵嚷起来，原来路边超市门口有人打架，声音越喊越大。有几人见车还没走，就下车去看。两分钟后，车主喊"走了走了"。几个人又上了车。车子继续前行。

十分钟后，车子到我们的小镇，我到前面下车，却找不到小顾三了，但那箱酒还在。于是明白小顾三中途下车看打架，忘了上车。我对车主说："你们落下一个客人。"车主说："好像是的。"我想了一会儿，说："我跟他一个村的，我把他东西搬下来，在路边等他。他肯定会跟下辆车过来。"车主求之不得："谢谢！"

我把酒搬下来，站在路边，面向西方，等待。

愿他能完好归来。

街 花

　　杨燕到厂里上班，厂里立刻亮堂起来，厂里人的眼睛也亮堂起来。

　　南风镇人说漂亮不叫漂亮，而叫体面。啧啧，这女的体面死得了。死得了，是南风镇人特有的表达方法。好吃死得了，就是非常好吃。好看死得了，就是非常好看。快活死得了，就是非常快活。体面死得了，就是非常体面。

　　厂里数杨燕最体面，但厂里人不叫她"厂花"，而叫"街花"。为啥呢？因为她爱逛街。走在街上，整条街都是春天。厂里人还是很科学的、很内敛的，他们没有叫杨燕"镇花"。杨燕是不是南风镇最体面的，他们不知道。不知道的事，不能瞎说。

　　"街花"闲，闲死得了。在家很少做事，嗑嗑瓜子，看看电视，听听音乐。据说，都十来岁了，衣服都是父亲洗的，外衣也罢了，内衣也是。"街花"的母亲呢，嗯，也是一位"街花"。

对了，南风镇人把喜欢逛街的人叫"街划子"。逛街就得花钱，就得把街上的东西往家里划拉。这娘儿俩都是"街划子"。

家务活都由父亲承包了，娘儿俩没啥事，就一起去逛街，买衣服，大包小包的，逛累了，就近找一个干净的小饭店，吃。兴致来了，还喝上两口。

吃饱喝足，就提着大包小包，牵着手回家了。

都说娘儿俩像姐妹。身量脸型都差不多，虽然母亲皮肤要比女儿"老"一点儿，但化化妆，离远还真看不出来。娘儿俩的衣服都换着穿。可不就像个姐妹？

女人一漂亮，惦记的人就多。男人惦记的是身体，女人惦记的是谈资。

比如"街花"的母亲，就在外面有了人。生活起了变化。

起初，"街花"妈妈在肉联厂工作，天天和一群妇女一起清理动物内脏。肉联厂领导看"街花"妈妈年轻漂亮活泼可爱，哪里忍心她做这么脏的活？安排她到办公室当秘书。这是透亮的事。"街花"的父亲能不察觉？能甘受其辱？拳脚相加，大打出手。

那时住的是平房，闹这么大动静，哪有什么隐私？小小的平房常常里三层外三层围满了看热闹的人，叽叽喳喳指手画脚对"街花"妈妈说三道四。那时"街花"还小呢。"街花"被父亲撵到外面了。她扒着门缝，看着父亲打母亲，听着外人议论。

"街花"流泪了。邻居们都笑了。

"街花"长大了，比母亲还漂亮。"街花"能逃得了被惦记？

"街花"职校毕业进了厂，厂里有男有女。男的身体闲不住，女的嘴闲不住。尽管，"街花"已经有了男朋友，职校同学，叫吴兵，高大帅气，俩人走在一块，跟电影里的明星一样。

"街花"很快和吴兵结了婚。

但这不影响厂里男人的惦记。结了婚怕啥？你的男人高大帅气有啥？我们也不是想和你结婚，我们也不想和你大白天走在一起。

男人们一旦色心起，色胆就大，无所顾忌，争先恐后，想方设法接近、讨好"街花"。送些小礼物，请吃饭，请唱歌。他们没想到，"街花"一概拒绝。越拒绝，越疯狂，居然有人半夜三更打电话去人家里骚扰，闹得"街花"家里面都觉得"街花"有问题。

但"街花"确实什么问题都没有。"街花"说："我不能跟我妈一样。"

这是对最好的闺密说的，闺密一转脸就说出来了。

男人失望，女人失望，都觉得不可思议，都觉得"街花"心眼太死。

不可思议，这脸都抹下来。心眼太死，没得啥指望，就懒得理她了。往往是一天班下来，没一个人和"街花"说半句话。

"街花"不在乎，自己做自己的事，闲下来听听音乐，下班后逛自己的街，每天上班，仍然光光鲜鲜，保持"街花"本色。

忽一日，"街花"失了颜色，整个人都委顿了。

一打听，原来，吴兵豪赌欠下两百多万巨债，击垮了"街花"。

"街花"确实垮了，精神失了常。常一人自言自语，自说自笑，或呆怔怔半日无语，或忽来忽去，不知所踪，或在林中半天静坐，或在河边久久徘徊。

"街花"离婚了。吴兵起初不同意。"街花"起诉，离了。

离了又结。新婚老公也是离了婚的，虽年长"街花"十多岁，却家财万贯，据说，待"街花"又是极好，将一套房产划归"街花"名下，另给"街花"买了近十万的保险，钱也是尽着"街花"花的。"街花"的母亲逢人便说新女婿如何有钱如何好。女儿终于嫁了个有钱的，"街花"的母亲扬眉吐气。

不想，没到两年，又传来"街花"离婚、回归吴兵的消息。

"街花"说，她对不起老张。

老张就是她的后夫。为什么对不起老张呢？因为老张对她太好了，她配不上他的好。

"街花"还说，她喜欢的还是吴兵，心里还是放不下吴兵。

"街花"信了佛，每日打坐诵经抄经，饮食上也一如佛家弟子，不沾荤腥。"街花"说："我们信佛之人，应该虔诚，不能沾荤腥的，那是对佛的亵渎。"

但"街花"仍酷爱打扮，每天都收拾得光光鲜鲜。每月工资都要拿出一部分来买衣服、买化妆品，剩下的给吴兵还债。

"街花"说："我们信佛之人，不能邋邋遢遢，这是对佛的尊重。"

　　吴兵也已浪子回头，除了上班外，还兼开出租车，挣钱还债。

　　他们的女儿打小成绩就不好，跟头把式地，初中毕业后读了技校，学的是食品专业。毕业后到咖啡厅当服务生，辛辛苦苦，每月一千七百块钱。

　　有一回，孩子和"街花"说："妈，我才十七岁呢。"

　　"街花"低下头，看着女儿清秀的面庞，自己曾经也有的美丽青涩。她悄声对女儿说，心眼儿也别太死，活络点儿吧。

茶　碗

　　银行分理处的人不够用，招了个临时工，叫王银娜。当时还有一个人选，叫吉立凤。主任看中的是吉立凤，因为吉立凤的丈夫是厂长。厂长答应帮他组织存款，完成任务。但最终录用的是王银娜。因为上面有个领导打招呼。

　　王银娜那时三十多岁，个子不算矮，长相一般般，脸上不太平整，有点儿细纹。脑后垂着个大辫子，快到屁股那，还没到屁股那，走起路来，这边一摆那边一动。说话的嗓音有点儿粗。做起事笨笨的，不是太利落。

　　而吉立凤虽然名字土些，长相却洋洋气气的，戴着眼镜，看着清秀、灵巧。

　　主任对手下人感叹，想要的人不让来，不想要的人硬给来。

　　王银娜有两个突出的特点。一是多说话，说不该说的话。

爱传话，有点儿嚼舌头根的意思。班上的人都不爱听她说话。有时大伙正说着话，她来了，立即集体噤声。有时，她说话了，没一个往下接的，都低头做自己的事。二是少做事，自己该做的事，能少做就少做，更别说帮别人的忙了。

但她有一样热心，那就是做媒。在小镇银行上班的，除了主任已婚外，别的都是"毛蛋子"。王银娜就张罗着给他们介绍对象。但没有人愿意她介绍，因为，王银娜自己的婚姻就有波折。

王银娜是二婚。先前一个丈夫，因为王银娜不生育，把她休了。王银娜的现任丈夫是个工头，常年在外施工，只有年前年后在家待几天。他一般都在外省，有时还到国外去。由于长期分居，王银娜就有点儿疑神疑鬼，经常打电话查岗。丈夫开始还赔着笑，小心翼翼，后来就躲着不接她电话。

"他真在外面有人了。"有一回，王银娜在班上自言自语。她希望有人搭她的话，她想诉诉苦。但没人搭理她。

所以，王银娜给年轻人介绍对象，年轻人都不理这茬儿。他们不信任王银娜，嫌晦气。

王银娜还有两个让人不能接受的习惯。银行人数钱，都很标准，左手握好钱，右手指蘸下海绵缸里的水，这样数起来捻得开，快。王银娜不蘸海绵水，而是直接对着手吐唾沫，然后在钱上捻。看得人直恶心。后来，有人向她提出来，这样数钱太不卫生，也太不雅观，既不尊重客户，也不尊重同事。

王银娜才有所改变。但，有时，还会习惯性地吐一下，吐完了，觉得不对，低下头笑一下，赶紧蘸海绵水。

还有一个，王银娜自己从不带水杯，而是到食堂里拿个碗喝水。喝完不洗，放回原处。主任后来想个办法，以发福利的形式，每人发个茶杯。原以为，她会拆开来用，但她却原封不动地带回去了，在班上，仍然用碗喝水。

主任干脆拿个碗做了标志，放在她桌边，说："小王，这就是你的专用茶碗了。"

王银娜一笑，说："谢谢主任。"

吃饭的时候，主任对我们感慨，当时真应该把吉立凤招进来。但吉立凤不会来了，她已经被另一家银行招去，工作认真，还吸收了不少存款。

快过年了，王银娜经常给她的丈夫打电话，问什么时候回来，警告丈夫不要乱花钱，一分不少交回来。

过年的前几天，丈夫果然回来了。可能丈夫考虑到她一年来侍奉公公婆婆的辛苦，想过个安安稳稳的年，主动将钱交给王银娜变成存单。王银娜把存单锁进抽屉。不仅如此，她还动员丈夫，把他那些工头朋友的钱全存进来。她拿着账本对主任说："你看，今年，我超额完成任务了。"

主任点点头："嗯，好。"

王银娜似乎很不开心，丈夫的态度这么好，让她更起了疑心。丈夫能痛快交钱，肯定不止这些，另有隐瞒。可是，她没证据。

她想离婚，又说不出口，自己毕竟离过一次。她想找个人说说话。这一年来，她活得沉闷，没有人愿意跟她多说话。她也感觉自己不受欢迎，她想改善改善。毕竟，过年了。新的一年，她想有一个新的开始。

她对一个小伙子说："我看你没完成任务，我匀点给你吧。"

那个小伙子忙着手头的事，没有理她。

她又说一遍。小伙子还是没有理她。

王银娜提高声音："你这人怎么回事，我好心好意帮你，你好歹也得吱一声啊。"

小伙子头也不抬，说："我的事不需要你管，你管好自己的事。"

王银娜没吱声，愣了半天，走了出去。

一会儿，她的那个工头丈夫来了，推门进来，把小伙子面前的账本划拉到地上，拍着桌子，指着小伙子的鼻子，说："你胡得了，敢欺负我婆娘。"胡得了，是我们那儿的方言，大概就是太过分了。

小伙子被这突如其来的暴力惊呆了。

王银娜在一旁说："我自己的事很好，不要管也很好。"

主任过来，把工头拉到旁边的饭店。

下午上班，主任开了一个会，主题是团结、宽容。主任说："王大姐工作很认真，任务完成得很好，而且还很热心，乐于助人。我们要学习她的长处。"

主任要求大家欢欢喜喜过个年。

没想到，大年初三就传来消息，王银娜的工头丈夫，喝酒喝死了。

距离他来银行吵，前后不到一周时间。

又过了半年，银行清退临时工，王银娜被辞退了。

又过了半年，因上级行政策变化，小镇上的银行被撤销，所有员工都到城里上班。

开始，还有人看到过王银娜，都说她老了许多。据说，她在外帮人家打零工，在家还侍奉公公婆婆。再后来，没有人看到她，也没有人提起她了。

后来，又传来消息，吉立凤跟她的主任有一腿，被丈夫堵住。主任被降职，吉立凤被辞退。主任听了，抽着烟，没说话。

当初，王银娜刚离开银行，主任便把王银娜的专用茶碗丢到纸篓里。由于用大了劲，丢偏了，碗落到地砖上，砰的一声，碎了。

大家都往这边看。主任说："这么大的碗放在桌上，怎不嫌碍事的呢？"

说完，主任自己也笑了。

福　利

　　给银行烧饭的是老余奶，五十多岁。虽然她看上去比实际年龄要大些，但十分精神，步子快，嗓门儿大，厨艺也很好，最拿手的是红烧肉。

　　老余奶可不是一般的奶奶，不一般是因为老余爹。老余爹可没人敢叫他老余爹。老余爹是个有身份的人，他是县里一个局的副局长。

　　余局长对老余奶说："老太婆，有吃有喝，你给人家做什么炊事员啊，不丢人啊。"

　　老余奶说："反正你经常不在家吃饭，我也省了自家的饭菜钱，还可以挣点儿。咱这几年在镇上盖了几间房，有点儿亏空，还一些是一些。再说，孩子都工作了，我在家也没事。"

　　余局长拗不过老余奶。他知道自己的老太婆很要强，说：

"随你吧。"

老余奶还有一个身份,就是房东。

银行租的房子,就是老余奶家的房子。当时,谈租房的时候,老余奶就问:"你们缺不缺个烧饭的?"

主任以为她要推荐哪个亲戚来做饭,说:"不缺,到饭店代个伙就得。"

老余奶说:"那花销多大呀,饭店的油也不卫生啊。再说,里面有食堂,啥都不缺,为啥要在饭店吃呢?如果不嫌弃,我给你们做饭,多少给点儿就行。"

主任觉得这老太太挺干净利落的,也就答应了。

就这样,老余奶,这个局长夫人,就兼了银行的炊事员。

这是二十世纪九十年代的事。如果搁现在,估计不太可能。丢不起这脸啊。

老余奶的厨艺确实不错。每天都变着花样烧给我们吃。她就是镇上人,对镇上的一切都很熟悉。大人小孩、买卖店铺、人情世故都了如指掌。她知道谁家的东西正宗、便宜,谁家的东西虚假,还死贵死贵的。

"你们放心,让你们花最少的钱,吃最好的饭菜。"老余奶信心十足。

可主任不太放心。主任想,买菜的学问可大了,哪有不雁过拔毛、顺手揩油的。他自己去买了两回菜,一比较,自己买的比老余奶买的要贵,这才作罢。

老余奶对主任的做法很不以为然，你个大主任心眼儿也太小了，小得跟针眼儿似的，哪次买菜，人家不是按最公道的价给我，有些不熟悉的摊位，我都是歪屁股跟人家讲价。

老余奶有两个孩子。大儿子结婚了，有了孩子。他读书的时候，正是老余家困难时期。余局长还不是余局长，只是乡镇一个小干事，一门心思做好工作，对儿子读书的事没太过问，等警觉起来的时候，已经晚了，儿子的成绩已经没法往上赶了。高中毕业，没考上大学，儿子出去当兵，几年回来，没有正经工作，在镇上开了杂货店。

没两年，余干事熬成了余局长，有能力帮着儿子找个工作。但余局长却不高兴干这事了，他冷着脸说："谁让你不好好学习的，自己的事情自己闯，别指望父母，我这局长也是一步步干上来的，我父母帮我半点儿忙了吗？"

儿子虽然对老子有意见，认为他有偏心，但也没办法，只好专心开自己的店。

二女儿在余局长的精心培养下，终于考上大学。那年头，上个大学不容易。大学刚毕业，分配到镇政府做秘书。二女儿很有才华，能力强，情商又高。不仅写一手好文章，而且安排各项事务都井井有条，上下关系都很通畅融洽。镇政府的人都夸她前途不可限量。虽然余局长没帮什么忙，但很多人还是看他面子的。

这就是无形的力量。不用人说半句话。

后来，女儿一路拼搏，现在已经做了县领导，经常在电视报刊上亮相。

这是后话。那时，二女儿还是镇政府秘书，有时老余奶忙的时候，她会过来帮忙做饭。二女儿的厨艺也是响当当的。

要过年了，小镇一派喜气洋洋，街上人来人往，都在忙着置办年货。

单位里也忙活起来，忙着发福利。

银行也发福利，车子从城里运过来。成桶的豆油，成箱的苹果，成袋的白糖，成块的猪屁股，等等。每人一份。

大家高高兴兴地领好自己的一份，放好。

老余奶也乐乐呵呵地看着，说："今年发了不少啊？"

大家应承着："不少不少。"

"这猪屁股不错，厚实，切一块下来，绞成肉末，炸肉圆，肯定香。"

"是啊，是啊。"

都分完了。老余奶看着空荡荡的地，眼睛也有点儿发空。

她问主任："怎么没有我的啊？"

主任被她问糊涂了："老余奶，您说什么？"

"怎么没有我一份啊？"

主任笑了："老余奶，只有正式工才有福利。您也不是正式工，怎么有福利？"

老余奶声音高了："我不也给你们烧了一年的饭了吗？没有

我烧饭，你们正式工吃啥？吃不好，怎么干好工作？怎么吃水忘了挖井人，你们都有福利，我就没有福利！"

主任挠挠头，他完全没想到老余奶会提出这个问题。他说："这是上面分下来的，我还真没法做主。"

"我不管，你向上级反映。"

主任只好打电话给上级行办公室的杨主任。为了让老余奶无话可说，主任特意开个免提。

主任问："咱们这福利多少份？"

那边答："八份！"

主任问："有老余奶的不？"

那头哈哈地笑了："你头脑坏得了呀，她就一烧饭的，怎么可能有福利。"

主任冲老余奶笑了笑，心说，我说得没错吧。

主任说："可是人家说自己也该有一份呢。"

那头说："她是烧饭的，还是要饭的呀，平常买菜揩的油还嫌少吗？"

老余奶一声大吼："去你的，什么叫一个要饭的，我揩你什么油了？"

主任吓得赶紧把电话挂了。

老余奶这回可火了，她跑到外面，站在银行门口骂：

"太不讲理了，说我是一个要饭的！"

"去你的，说我揩油！"

主任赶紧把老余奶拉到屋里："奶奶，有话好好说，这福利上面不给，我这份给你。"

老余奶说："不行，我一定要上面解释清楚，我是不是要饭的，我揩没揩油。"

事情的结果，是上面补了老余奶一份福利。杨主任还给老余奶赔礼道歉。

老余奶对杨主任说："我不是在乎这福利，在乎的是一份尊重，一份平等。"

老余奶让二女儿把福利领回家，余局长很生气，说老太婆丢了他的脸。

二女儿说："妈妈做得没错，妈妈说得也对，人要的就是尊重和平等。"

余局长听了，叹口气："老太婆，过了年，无论如何，你也别去烧饭了。"

二女儿后来出息了，做过几个单位的一把手领导。在工作中，对待员工方面，她尽量做到尊重和平等，哪怕对一个勤杂工。

想跟一个叫曹莹的姑娘喝酒

这银行临街而立，对面是一溜店铺。正对着银行的，是一家杂货店，主要经营糖烟酒粮油盐、锅碗瓢盆等日常用品。店只有一间门面，四十平方米左右。后面是货架，前面是柜台。

常年照应着店面的，是一个女子。二十出头，短头发，右边一绺头发弯到前面，稍遮住半边脸，左边的头发拢在后面，压在耳根。脸圆圆的，宽宽的，红红的。头发的修饰既巧妙地掩饰了脸的稍大，又展示了健康的美。那时候，乡村仍以银盘大脸为美，瓜子脸则在城市走红，城市边缘的乡镇，两种审美同时并存，传统与现代交错。

她有时坐着，半个肩及头正好露出柜台。有时站着，在狭小的空间里来回走动。有时趴在柜台上，低着头，头发半垂下来，柜台上摊着一本杂志。有时也走出柜台，双膀抱着胸，站在门口，往街上看。虽然表情严肃，静立不动，但可以感受到青春在她的脸上及身体里涌动。

她喜欢上身穿黑色的 T 恤衫，下身穿浅咖啡色的长裤。T 恤衫紧束在裤腰里，发育成熟的胸部凸显，紧绷绷的。她转身到货架上取货的时候，客人会盯着她的屁股看。因为裤料上乘、平整，垂感很好，较好地衬出了她的臀部的结实性感，显现了她的身材的和谐美妙。

"是这种吗？"她问。

客人光顾着看她的背影，看她的性感，面对突如其来的问话，一时没反应过来。

她见后面没有回应，回过头来，接住客人的目光。她的脸红了，客人的脸也红了。

她的脸本来就有点儿红，现在是更红了。

杂货店的旁边，紧挨着是一个大门。进了大门，是供销社的大院子。院子里有个公共厕所。

不知什么时候，银行的员工喜欢穿过马路，到这个院子里上厕所。

银行的右首，过了几个店面，就是车站，车站内有厕所。银行里面也有厕所。但他们不愿意就近去这两个厕所，而是愿意穿过马路去供销社大院里的厕所。

他们上厕所的步伐显得并不急，慢慢地，慢慢地，走向马路对面，过了马路，脚步更慢，有时还站一站，向两边张望。

越走近大门，他们的注意力越集中，他们的目光向大门旁的杂货店里注视。如果杂货店里的人也正好往外看，他们赶紧把目光避开去。

有时，从厕所出来，出了大门，他们会很自然地拐进小门。

"来包烟吧。"

"哪种？"

"那种。"

他们不说哪种，而是用手指着柜台。女子就抬头看手，顺着手势在柜台里拿。

烟拿出来，并不急着走，而是拆开，弹出一支，叼在嘴上，点着，深深地吸一口，有一句没一句地，聊聊。

银行员工胡二品也经常上厕所，也会向小门里看。但他很少进这个小门，因为他不抽烟，他不爱说话。他没有更合适的理由进这个小门，也编不出更多的话来说。

有时，他会进去，买酒。他有朋友来，要喝酒。

"哪种？"

胡二品也有些犹豫。他并不太爱喝酒，不了解酒的行情。他这边看看，那边看看。看酒的同时，也看这青春勃发的女子。

"这个吧，这个酒不错。"女子笑了，会向他推荐一种酒。

她喝酒吗？女子怎么能喝酒呢？不喝酒又怎么知道这种酒好呢？胡二品胡思乱想。

"这种酒卖得可好啦。"女子说。

“我爸爸也喝这种酒。”女子又说。

“我给我爸倒酒，有时，我还陪他喝两杯。”女子还说。

“那就这种酒吧。”胡二品跟朋友喝酒的时候，头脑里会晃动着这个女子的脸，银盘大脸。也会晃动着女子的曲线，性感的曲线。

他爸爸也喝这种酒，是真的吗？他想象着，他爸爸坐在餐桌旁，女儿打开酒，给他倒酒。爸爸喝一盅，女儿续一盅。渐渐地，她爸爸不见了，取而代之的是自己。女子倒一盅，他喝一盅。

胡二品就笑了。

朋友说：“有什么喜事呀，这么高兴？”

胡二品说：“喝酒高兴啊。”

胡二品认得女子的父亲。女子的父亲是供销社副主任，姓曹。他们家就住在大院里。女子的父亲有时会到银行存钱。女子有时会到银行换零钱。

他曾经跟女子的父亲喝过酒。当然，不是他一个人，而是一桌子人。银行主任想拉存款，想让供销社来开户，就请供销社几个主任喝酒。银行主任也带了几个员工去，其中就有胡二品。

喝酒的时候，主任夸曹副主任的女儿，漂亮，大方，懂事。

曹副主任说：“还没对象呢，请主任介绍啊。”

主任指一指几名员工，说：“好啊，你看他们几个，你看中哪个？"

曹副主任说："都不错，都不错。"

不过是说说而已。主任没有当真，曹副主任也不敢当真。他女儿没有工作，只是在家看看店，银行的正式员工，怎么会看得上呢？他们起码得找个老师吧。

忽然有一天，曹副主任的女儿不再出现在那个杂货店里，取而代之的，是个年轻的后生。有人去问了，回来说，曹副主任的女儿出嫁了，现在看店的，是她弟弟，高中刚毕业。

后来就听说，曹副主任的女儿嫁给了一个比她大十岁的人。这人很有钱，在市里做生意。

这一年春节，初二，银行里有人上厕所时，看到有辆车驶到曹副主任的家门口，车上下来一个胖胖的男人，四十岁左右，大包小包地往下拿。曹副主任的女儿也从车上下来。这个女子穿着咖啡色的貂皮大衣，显得华贵、鲜亮。

一看就是有钱人。银行的同事回来说。

胡二品想象不出男人什么样，女人成了什么样。他的眼前浮现出女人给男人倒酒的情景。

完全是两个陌生的面孔。

后来，胡二品也有了女朋友。女朋友的父亲并不喜欢胡二品，也不同意这门亲事。每次胡二品来，都爱搭不理，托词有事外出。直到有一天，女朋友又带胡二品来家里，吃晚饭的时候，女朋友的父亲突然说："喝点儿酒吧。"

女朋友怯怯地看着父亲。父亲说："我想喝酒咧！"

胡二品也有点儿恍惚。他懵懂中走进了供销社大院。自己对面坐的是曹副主任，斟酒的是曹莹。曹莹就是曹副主任的女儿。

胡二品对女朋友说："你也喝两杯。"

女朋友说："我才不喝酒呢。"

胡二品想起曹莹说："我爸也喝这种酒。"

曹莹还说："我给我爸倒酒，有时，我还陪他喝两杯。"

胡二品叹了口气。

女朋友的父亲说："小伙子，别叹气，我同意啦！"

孤独而温暖的我们

　　从镇邮局退休的孟海阔老人，闲来无事，开了一家书店。书店就在镇中学对面，主要卖一些教辅资料，还有一些期刊，比如《小说选刊》《收获》《读者》等。名著、当代作家的作品，也是有一些的。门面不大，二十平方米左右，书和期刊陈列在四面书架上，正中间是一个竹节躺椅。平时没什么生意，孟海阔就躺在椅子上，拿一本杂志看。他最喜欢看的是《读者》和《故事会》。看着看着，会笑出声来。这个世界需要快乐呀。没有快乐，就自己制造快乐呗。

　　有时候，孟海阔乏了，就闭目养神。他虽已年过六旬，精神却很好。头发茂盛，永远向后梳着，滑溜溜的，能把苍蝇腿滑劈了。他瘦，脸上也有皱纹，但面色红润，保养得好。虽然闭目养神，但只要一有动静，就立即睁开眼睛。他的眼睛亮闪闪的，看着你，让人感觉到精力的旺盛。

他闲下来，也喜欢写点东西。他写的东西很杂。大多写的是古典诗词，还有生活感悟。也写一些短笑话，短故事，投到《故事会》和《读者》，但没有发出来。但他没有因此埋怨。这些笑话、故事都是生活中提炼出来的，源于生活，高于生活。他觉得写得很不错。之所以久投不中，是因为杂志社稿件太多。

"全国各地，那么多稿件，哪看得过来呀，有的拆都不拆，就被收垃圾的收走了。"他对经常来他书店的银行员工胡二品说。

"是的，您说得很对。"胡二品也喜欢写点东西。他主要写小说，已经发表了一些。

"您要是写小说，我倒可以帮您推荐推荐。"胡二品接着说。

"写不来，写不来，那不是一般人能写出来的。"孟海阔笑着说。

"对嘛，我是二般人。"胡二品也幽默了一把。

两人朗声大笑。

"不过，您的这些文章，都是写咱们南风镇生活的，倒可以编成一本书，书名我都替您想好了，叫'南风镇纪事'，送送朋友，倒也是一种乐趣。"

孟海阔对胡二品的建议很满意。但他又有点儿犹豫："出书是要钱的，你贷点款给我。"

胡二品说："花不了多少钱，不用正规书号，找个印刷厂印印，不对外发行。"

"好，我再写一些。"孟海阔很感激，说，"今晚到我家喝点小酒，顺便喊上方正书。"

方正书，是小镇有名的旅馆"惜月楼"的老板。他喜欢书法，也算半个文人。他跟孟海阔关系不错。孟海阔书店的门楣就是方正书写的。"海阔书店"，四个颜体楷书大字，十分古朴有力。还有书店后墙书架上方的匾额，四个大字"宁静致远"，是隶书，也出自方正书之手。

晚上，三个人就聚在孟海阔家里。喝点小酒，谈文说事，十分惬意。

方正书也赞成孟海阔出书。"咱不为别的，就为了高兴。"

"对，就为了高兴。为了高兴，干杯。"

方正书说："到时候书名就由我来题吧。"

胡二品说："如孟老不弃，小可愿为作序。"

这场酒喝得十分开心，九点钟才散。

孟海阔是个很有生活规律的人。他六点钟准时关了书店，回到家。老婆已经给他做好晚饭。他自泡的药酒，也倒入杯中。药酒的方子是镇上的老中医配的，强身固本，补中益气。孟海阔不贪杯，每晚五小酒盅。老婆说："你这倒来倒去多麻烦，不如倒在茶杯里，慢慢品。"孟海阔说："我喝的是感觉，是咂酒的声音，是一口干的豪气。"

老婆撇嘴："就是酸。"

孟海阔摇头，在心里感叹，这个老太婆跟自己的距离越来越远了。除了煮煮饭、刷刷锅、洗洗衣服、扫扫地,她还有什么用?

喝完酒,孟海阔要出去散步,两个小时,九点钟才回来。看看书,写他的《南风镇纪事》。十点钟,准时上床睡觉。早晨六点起床,在院子里甩甩胳膊、踢踢腿。吃完早饭,七点钟,去书店开门。

来买书的老师、学生也都说孟海阔是个慈祥的老人。

小镇上的人都说孟海阔活得滋润,赛过活神仙。

孟海阔不置可否,微微一笑,他要赶进度,多写点东西,早点出书。

一旦有了目标,就有了动力,同时也有了压力。有时候,孟海阔甚至想放弃了。本来是自娱自乐,轻轻松松,现在却弄得很紧张。

但是,孟海阔还是很勤奋地写。

离既定目标越来越近了。孟海阔很兴奋。

这时候,方正书的惜月楼被抄了。因为方正书的得月楼里有小姐。

孟海阔也受到牵连。他在惜月楼里找过小姐。

孟海阔交了罚款,就出来了。

方正书坐了牢。

孟海阔央求派出所别把这事说出去,派出所也答应了。但没有不透风的篱笆墙,还是有人知道了。

老婆指着孟海阔的脸骂:"你个老不死的,你怎么这么不要脸。

"我给你泡药酒，天天炒菜，让你喝两盅，你养足精神去找别人了，怪不得在我面前说没用。

"天天说出去散步，原来去找鸡了，你怎不在鸡身上死掉！"

孟海阔任老婆骂，就是不言语。他自己把剩下的药酒倒厕所里去了。

胡二品来了，安慰孟海阔："别太当个事，事情过去就过去了。"

"不过，方正书做得太过了，宾馆开得好好的，干吗要容留小姐呢？最不应该的是，带您去呀。"

孟海阔长叹一声："不怪正书，是那个小丫头，说喜欢文学，我没把持住。"

孟海阔的手里，是厚厚一沓手稿，本来准备请打印社打印的，现在他顺手丢进废纸篓里。

胡二品赶紧捡了起来，说："这本书要出，不能简单印刷，我帮您联系出版社，用正规书号，钱由我先垫着，您也别惦记着还。"

孟海阔嘴唇动了动，没发出声。

台上坐个杀人犯

　　二十世纪九十年代末，南风镇发生了一桩凶杀案。镇妇女委员被人绑在椅子上杀害了，空留尸身，人头不知去向。现场汪着好多血，这血也汪在到过现场的很多人的记忆里，抹不去。

　　什么样的深仇大恨，乃至于此！

　　妇女委员被杀，是在一个夜晚，次日上午被发现。县公安局的人来了。公安局局长限期破案。民众的经验是，越是限期，越破不了案。

　　果然就无限期搁置下来。

　　在南风镇西边，还有一镇，叫西风镇。西风镇的宣传委员姓唐，都叫他小唐。小唐听到南风镇的妇女委员被害的消息，心里像被蚂蚁咬了一下，麻扎扎的。

　　他心里已有答案。他在等待着公安局给他一个英雄所见略同的结论，来验证答案。但是公安局的人并不配合他。这让他心里时常出现麻扎扎的感觉。

南风镇的妇女委员被杀的那天下午，南风镇的宣传委员小钟给小唐打电话，说下午镇里的领导都有事，他想偷空到西风镇玩玩，打打牌，喝点小酒。乡镇工作并不繁忙，清闲居多。大家相互走动，打发时间，不足为奇。

下午五点多钟，小钟骑着他的本田摩托车就"突突突"过来了。小唐把小钟直接带到镇上的卢家鱼庄，还有两个朋友一起打"八十分"。

那场牌打得激烈，两个小时，一局方尽。小唐跟小钟对家，赢了。那两个朋友不服气，说吃了饭再打。小钟说："好嘞，非把你们打得服服帖帖跟死狗一样！"

接下来就喝酒。这场酒喝得也让小唐疑惑。往常，小钟是慢热之人，开始不肯喝，等别人喝得差不多了，才来精神。可是这次，小钟却主动要求把酒倒满。

往常四人，都要喝掉两瓶白酒，平均一人半瓶。光喝白酒不过瘾，还要每人再拿两瓶啤酒"漱漱口"。他们喝酒喝出很多花样。有时，他们会白酒啤酒兑着喝，叫"皮夹烧"。有时，他们把小杯白酒连酒带杯沉到啤酒杯中去，然后一口喝下。这叫"潜水艇"。

一般情况下，一遭下来，都是半醉状态。会再打一局牌，或干点别的事。小钟呢有时会留下来，西风镇政府宿舍空着几间房，有床铺被褥，为招待客人之用。小钟就会睡在其中一间。但更多时候，他会骑着摩托，回南风镇去。

那天的奇怪之处，是小钟喝酒很积极。四个人喝了两瓶白酒，两瓶啤酒，小钟忽然说话打卷，上趟厕所回来，还把凳子坐翻了。

他们把小钟扶到镇政府宿舍休息。小钟头一挨着枕头就呼声如雷。另外两个哥们儿先走了。小唐给小钟倒了杯水，回到自己宿舍。过了一个小时，小唐不放心，起来想看看小钟怎么样了。他推小钟的门，没推开。他敲门，没动静。看来醉得不轻，睡成死猪了。小唐回到自己房间，也睡了。

后来，他又去卢家鱼庄喝酒的时候，一个服务员说，那天，钟干事偷偷把酒倒了，让她倒了一杯水。

小唐的心里麻扎扎的。小钟为什么要装醉？

问题还不止于此。第二天早上，五点多钟的时候，他还在睡梦中，就听到小钟在外面喊："起来，打球去！"声音很大，整栋楼都能听到。小唐出来责怪他："别嚷嚷了，把别人都吵醒，会有意见的。"

小钟哈哈笑着："都五点钟了，醒了就醒了，都起来锻炼身体。"

这又是一个奇怪之处。小钟是个爱睡懒觉的人，每次都很迟才起。

他们打球到七点半，往常这个时候，小钟会不吃早饭，骑着摩托"突突"回去。可是，那天，小钟要求小唐陪他吃早饭。吃完早饭，八点多钟了，小钟才跨上摩托，回去了。

上午九点钟，他就听到了南风镇的妇女委员的凶讯。

小唐知道，小钟跟妇女委员关系很不一般。虽然都是结了婚的人，但由于工作关系密切，走得很近。

可就在妇女委员被害的前几天，他们在一起喝酒时，小唐发现小钟的情绪不太对劲。

小唐知道，妇女委员跟小钟好的同时，还跟别人好。

公安局也调查了小钟。但小钟没有作案时间。小唐和另两个朋友，甚至西风镇的一些人，都证明案发当晚，小钟在西风镇，醉酒留宿。

但小唐心里明白，小钟就是杀人凶手。喝酒装醉，夜里悄悄起来到南风镇取了妇女委员的项上人头，又连夜赶回，天没亮就嚷嚷着打球，无非就是让别人知道，他这一夜都在西风镇。小唐不明白，这么简单的杀人案，公安机关怎么就破不了，凶手就在眼前，警察怎么就不去抓。

此后，小钟不仅逍遥法外，而且过得很快活，从一个镇宣传委员，一路干到某局的局长。

鬼使神差，小唐一直在小钟的手下当差。当小钟成为钟局的时候，小唐也到了这个局，成为一名科长。

钟局已不是当年的小钟了，虽然对小唐不错，但毕竟是上下级关系，肩膀拐不一样齐了。有时，钟局对唐科办的事不满意，还会批评几句。小唐就会在心里骂：神气什么，杀人犯！

钟局在大会上讲话，小唐坐在下面骂：杀人犯！

钟局在电视上讲话，小唐在电视机前骂：杀人犯！

钟局喝酒的时候，让小唐服务，指使小唐干这干那。小唐在心里骂：杀人犯！

小唐希望公安局早日破案，把杀人犯抓住，最好是在他开会的时候，他神气活现讲话的时候，警察突然进来，抓走他。

二十年后，公安局终于破了案，抓住杀人犯。但抓的并非钟局，而是另有其人。该男子在那天夜里尾随入室，想强奸妇女委员，遭到反抗。该男子大怒，杀害妇女委员，取下人头。

县里的报纸刊登了公安局破获多年积案的报道。唐科愤怒了，把报纸撕得粉碎："又是一个冤假错案。"

唐科辞了工作，下海去了。

分 手

　　梅秀英跟郑子山相约见面。她想分手。

　　梅秀英年近四十，娇小玲珑，秀气恬静。十年前，丈夫病故，留下一个儿子。儿子今年上了初中，住校，每周回家一次。

　　梅秀英第一次跟郑子山见面，是在电大专科培训班上。两个人座位相邻。梅秀英从会计学校毕业，在厂里做会计。她想充充电，混个大专。郑子山是一个局里的办事员，他想进步，也得混个文凭。

　　郑子山能说会道，讲起话来一个小时不停口，眉飞色舞，滔滔不绝。学习却不行，考试更不行。对着考题，瞪大眼睛，只咂嘴，不知道从哪里下手。梅秀英天生是学习的料，记得清爽，答得麻溜，准。

　　郑子山就动了梅秀英的心思。请梅秀英吃饭，给梅秀英买小礼品。考试的时候，找关系坐在梅秀英的后面。梅秀英拿了大专毕业证书，郑子山也拿了。

本来就是想在考试上动心思，却不知不觉动了其他方面的心思。男女之间还能有啥心思呢？

后来，梅秀英说："子山，你不知道，我是多么喜欢听你说话，如滔滔江水，绵绵不绝，还喜欢你大笑的声音，那表情真是太丰富，声音真是太动听了。"

郑子山哈哈大笑，果然表情丰富，音律悦耳。

可郑子山是已婚男人，老婆人高马大，身体健康。还有一个儿子，很机灵。一家三口，和和睦睦。

"郑子山，你一表人才，怎么娶这么一个女人呢？你起码应该娶个鲜亮一点儿的吧？"梅秀英似笑非笑。

"唉，这话能说吗？就是这个命。"郑子山长叹一声，一脸沉重。

后来，梅秀英就常常学郑子山的口气，这话能说吗？这就是个命。梅秀英也锁眉，看上去却像撒娇，惹人怜爱。

他们经常约会。约会的地点就在梅秀英的家。孩子上学了，梅秀英打电话给郑子山，郑子山就从班上溜出来。郑子山上班并不忙，上午半天就把事处理完了，下午就想着玩，打打麻将，打打篮球，再就是去梅秀英家。

坐在床上，郑子山猴急猴急，梅秀英却让他说话。

"咱们说说话吧，想听听你说话呢。"梅秀英说。

"完事再说，现在哪有心思说话。"郑子山扯梅秀英的衣服。

"完事你就说困了，就不说话了。"

"完事一定不困，一定说话。"

话是这么说，等事一完，郑子山就乏了，有气无力，没说两句话，就"烀"上了猪头。

梅秀英听着呼声，心里隐隐作痛。这个男人真的累了。

郑子山真的累。别看这男人风风火火，看上去那么豁达，心里却有不开心的事。他的婚姻并不幸福。那个人高马大的女人，越来越势利。张口要钱，闭口要钱，除了要钱，就无话可说。还有，在单位，郑子山也不顺心，他大专早拿到手了，工作也有些年头了，却提不到他，年轻时还想得开，到了四十岁，郑子山有点儿耐不住了。同样是人，一起进单位的人差不多都提起来了，只有他没提。这也太没面子了。

家里，单位，都让郑子山没了自尊。只有到梅秀英这里，郑子山才有了自尊。梅秀英服侍他，把他服侍得直腿直脚，服服帖帖。有时，郑子山也想到跟老婆离婚，跟梅秀英结婚。可是一想到儿子，郑子山就打消了念头。

可是现在，梅秀英想跟郑子山分手。她有两条理由。一是她的嫂子给她介绍了一个男朋友。男朋友有一份稳定的工作，人又很实在。梅秀英觉得跟他很适合。如果错过了这个人，今生怕再难遇到。二是郑子山是不可能离婚的。

我陪他这么多年，已经尽力了。他离不了，怪我什么呢？

这一次，他们约会的地点，在一个宾馆。梅秀英走进宾馆，郑子山已经在宾馆房间里等着她了。

这一次，郑子山没有急着做爱，而是搂着梅秀英说话。

郑子山说："我最近也有了事，单位要提个副科，我前期也做了工作，应该会提到我了。"

梅秀英很高兴："子山，你终于有个职位了。"

以前，梅秀英也经常说郑子山："你呀，口才这么好，怎么就不能说动领导给你个职位呢？"郑子山总是叹口气："这话能说吗？这就是命！"

现在，郑子山终于要提了。梅秀英很兴奋："子山，我以后是不是该叫你郑科了。"

郑子山摇摇头："副科，不是正科。"

梅秀英笑了："就是郑科，就是郑科。"

两个人抱在一起。那场爱，两个人做得都非常用力，非常小心，非常有质量，生怕对方不满意。

完事了，郑子山却并不乏。睁大眼睛看着梅秀英。

梅秀英想说话了，她想说：子山，我们分手吧，我处了一个男朋友。

可是，她说不出口。她觉得对不起郑子山。唉，还是不说了吧。

这时，郑子山说话了。郑子山说："再跟你说个事，领导昨天找我谈话，说要提我副科的时候，还说了一件事，说有人反映我生活有问题，在外面有个女人。领导让我赶快断了吧，不然，会影响升职的。"

郑子山说："我们分手吧。"

郑子山说完这番话，看着梅秀英。梅秀英也看着郑子山。梅秀英看了足有一分多钟。梅秀英问："你说我们分手？"

郑子山点点头。

梅秀英突然从被窝里跳了起来，赤身裸体，拿起枕头砸向郑子山，郑子山把枕头接过来。回过头，梅秀英又拿床头柜上的水杯砸过来，郑子山偏头躲过。水杯落在墙上，击得粉碎，水顺着墙流下来。梅秀英又搬起椅子砸向郑子山。郑子山过来，夺过椅子，紧紧地把梅秀英搂在怀里。

第二天，梅秀英闹到郑子山的单位。郑子山的副科泡了汤。

第三天，梅秀英把电话打到那个人高马大的女人那里。人高马大的女人被梅秀英的电话吓一跳。好半天，她才问："你是不是想要钱？要钱，我们可以谈谈。"

梅秀英说："我不要钱，我要他命！"

鸡犬不宁的一个月后，梅秀英对郑子山说："对不起，子山，我受不了你跟我说分手，真的对不起。"

郑子山说："没什么，事情过去就过去了。"又抬头看看天，长叹一声，唉，这话能说吗？这就是命！

眼　睛

————

　　紧挨着银行分理处的，是一家眼科诊所。叫"中山眼科"。老板姓祁，名中山。

　　为什么叫中山眼科？并不是因为医生的名字而起。而是这个县最南面有一条河，叫中山河。中山河，是两个县的界河。眼科起名中山，有横跨两县之意。《水浒传》里夸宋江：河北、山东闻名。那么中山眼科，称得上驰名中山河两岸县镇。

　　祁中山本名叫德川。很高大上的一个名字，比中山这个名字厚重多了。中山这个名字用在伟人头上，那显得很大气，寓意深刻。可用在一个普通人头上，那叫一个土气。

　　是工商局的人，逼着祁德川，改名祁中山的。

　　工商局也没叫祁德川改自己的名字，而是叫他把眼科的名字改掉。他们认为这个名字太大了。一个眼科怎么能用伟人的名字？除非你名字也叫中山。

祁德川舍不得改眼科的名字。这名字用了多少年了，名声显赫、响亮，怎么能改呢？

祁德川也舍不得改自己的名字。这名字用的年头更长，名声显赫、响亮，怎么能改呢？

鱼和熊掌不可兼得。祁德川就改名祁中山。

改是改了，只是户口簿改了下，身份证改了下。所有熟悉的人还是叫他祁德川。

"德川，今晚上有空聚聚。"

"德川，你看我的眼睛怎么这么红肿，好像害眼了。"

祁德川微笑答应，有时也会开句玩笑："以后不要叫我德川，应该叫我中山先生。"

祁德川在这个小镇上开眼科，开了二十多年。名气越来越大。附近的市县乡镇都来找他看病。祁德川擅长眼科手术，灯光一打，刀光一闪，白内障啥的，就解决了。所以，也有人叫他祁小刀。

生意越来越好，祁德川一个人肯定忙不过来了。随着他的名气越来越大，社会活动也多，有时不能保证坐在诊所里。祁德川就培养老婆跟他学习。时间一长，老婆也能看普通病症。

但老婆偶尔上阵可以，时间长了，就有点儿烦。另外，她还要买菜做饭，带孩子。那时候，孩子刚上小学，聪明可爱，学习成绩很好。

祁德川就想找个帮手。祁德川老家是中山河南那个县的。他的很多亲戚住在那里。过年回乡，祁德川的姐姐说："大兵子高考落榜，在家没啥事，你带带他吧。"

大兵子，就是姐姐的儿子，今年刚满二十岁。

祁德川看大兵子挺机灵的，就把他带回来。

祁德川精心教大兵子医术。大兵子上手很快，不仅能开药，而且能做简单的手术。

祁德川很满意。

闲下来，大兵子时常到银行玩。银行里大多数是跟他年龄相称的年轻人。他们很聊得来。尤其跟一个叫胡二品的银行员工，聊得很投机。

大兵子把每月的工资都存一半，另一半自己花。

他在这包吃包住，哪里用花钱呢？

大兵子的舅妈，也就是祁德川的老婆，对大兵子越看越不顺眼了。

她觉得大兵子太懒，除了坐诊外，别的活都不干。早上就不能早早起来帮着做个饭吗？院里院外，就不能扫扫拖拖吗？

她觉得大兵子坐诊也坐不安稳，老是出去溜门。溜门，就是串门的意思。有时病人来了，门诊上没有人。好一会儿，他才过来。

她觉得大兵子太能吃了。有时，祁德川在家，会喝点小酒，让大兵子陪着喝两杯。祁德川不在家的时候，大兵子喝上瘾了，也会拿起酒杯喝两口。不喝吃不下饭。

更让她难以容忍的是，大兵子居然跟女病人勾勾搭搭。跟一个女病人谈起了恋爱。

她跟祁德川说了许多大兵子的不是。祁德川皱皱眉头，没有说话。

她也经常到银行来溜门，也说了许多大兵子的坏话。银行的人也只有笑笑。

要过年了。她到银行来，说，过年就不让他再来了，太不晓得好歹。

大兵子也到银行来，说，明天就回家过年了，舅妈是个好人，给他多加了五百块钱工资。

"过了初八我就过来，初九晚上，我要请你们喝场酒。"大兵子向银行的人挥手告别。

银行的人也向他告别，说："初九见。"却都在心里说：过了年，你就不一定来了。

胡二品跟了出去，跟大兵子用力地握了握手。大兵子也盯着胡二品的眼睛，使劲握了握。

过了年，大兵子没有来。

据说，是老婆让祁德川打电话过去，说现在暂时不忙，让大兵子多在家休息，等通知。

这一个暂时，就是永远。大兵子没有等到来上班的通知。

当初，他把每个月工资的一半，存在一个零存整取的存折上。期限是三年。他打算三年后取出来，结婚的。

"我喜欢上一个女子，就是你们这里的，我要娶她。"大兵子对胡二品说。

胡二品向他表示祝福。

这个存折只存了一年，就没存下去了，因为大兵子没有来上班。后来，这个存折被提前支取了。来取钱的，是大兵子的母亲。

大兵子跟那个女病友还谈恋爱吗？

祁德川的老婆又亲自上阵看病，看了一阵后，浑身又出了毛病，连说吃不消。

她对祁德川说，还是找个帮手吧。

祁德川面无表情，看着远方，半晌说："找个你那头的亲戚吧。"

去镇上喝牛肉汤

　　我爷爷排行第二，人称二太爷。他哥哥，人称大太爷。大太爷走得早，面都没给我见过。二太爷走的时候，我才六七岁，不太记事。什么事都是我父亲说的。我父亲说，这两位太爷呢，个头都不高，一米五几吧，容貌也相似，小头小脑的，但脾气不投，二太爷性子慢，温温吞吞，实心眼儿；大太爷性子急，风风火火，脑子转得快，心眼儿多得跟葡萄，一嘟噜一嘟噜的。

　　两位爷天生是冤家对头，相互看不惯。大太爷说二太爷："你这一辈子就没拉过硬屎。"二太爷说大太爷："你拉屎都能拉出火药来。"

　　大太爷老是欺负二太爷。两家的水田挨着界，中间隔道田埂子。大太爷绝，不断地削田埂子，越削越细，硬是把大半田埂削到自家田里。大太爷的田比二太爷的田要低几厘米，大太爷不服气，偷偷在田埂上打眼子。二太爷家田里的水就慢慢地渗到大太爷家去了，二太爷家的水田成了旱田。

二太爷气，吵。但他面皮薄、嘴皮厚，说不过面皮厚、嘴皮薄的大太爷，往往被大太爷噼里啪啦说得面红耳赤，回不出一句整话来。

二太爷没办法，惹不起还躲不起啊，搬家吧，离你家远点。举家搬到一个荒草岗子上，砌房，开发新田地。

大太爷和二太爷就离得远了，少碰面，碰面也不说话。

再怎么躲着，还是一个村的人，怎么也躲不开碰面。每个月至少碰两次面，在六套镇上的牛坊里。

镇上只有一家牛坊。杀牛，卖肉。逢每月两次大集的时候，免费供应牛肉汤。大太爷和二太爷有一共同爱好——喝牛肉汤。每逢集，大太爷和二太爷都会到牛坊喝牛肉汤。不吵翻的时候，结伴一起走。吵翻了，就不一起走，岔开时辰，走两个小时的路，才到牛坊。从怀里掏出一瓶山芋干酿的酒，两块烧饼，打一碗牛肉汤，慢慢吃，慢慢喝。不吃牛肉，吃牛肉要花钱，他们舍不得。有时候，大太爷为了寒碜二太爷，会狠心买几片牛肉，故意嚼得吧唧吧唧，让二太爷听到，显示自己日子滋润。二太爷装着没听见，呼噜呼噜喝自个儿的牛肉汤。

牛坊的人，买肉的人，喝汤的人，瞅着这两个都绷不住笑，脸上笑了半截，心里感慨：亲兄弟呀！

二太爷走出牛坊，忍不住啐了一口，在心里骂道：哼，叫你行绝，断子绝孙。

大太爷跟大奶奶结婚二十年，没见一儿半女。

那一年，二太爷生病了，病得凶呢。请镇上的中医克三先生来看。先生直摇头："难治啊。"

克三先生一贯自信，他说难治，等于判了死刑。但先生又撂下几味药："吃吃看看，好便好，不好就拉倒。有好吃的别落下，说吃不着就吃不着了啊。"

药一天天地少，二太爷还不见好，眼见得一天天消瘦下去。奶奶想起克三先生的话，含着泪问："想吃些啥呢？"二太爷咕噜着喉结，说话都含混了。正好大太爷来了。大太爷听说二太爷有今天没明天了，把恩怨吞在肚里，来看一眼。

大太爷一听便懂，说："他问明天是不是集。"又自语道，"是集呢，他想喝牛肉汤了。"

奶奶说："那怎的好？"

大太爷说："明天我去镇上端一碗牛肉汤来。"

奶奶说："这么远，碗口大，存不住啊。"

大太爷说："你家不是有一个罐子吗？加上盖子，慢慢走，洒不了。"

奶奶就把罐子拿出来。

第二天一早，大太爷就抱着罐子去集上。去了，人再也没回来。过了中午，罐子回来了。是邻居杨麻子抱回来的。

1939年3月26日，农历二月初六，日本人在六套制造了

"二六"惨案，屠杀了一百零八人。大太爷就在一百零八人之中。

杨麻子说，本来，大太爷跟他一起跑的，完全可以跑得快些，但他抱着罐子，怕跑快了洒了汤，就落在他后面，正好遇上了日本人，被刺刀挑了。等日本人走了，他回去找在集上跑散的孩子，孩子没找到，碰到了奄奄一息的大太爷。"他把罐子递给我，请我一定要带回给二太爷喝。说完了，他就断气了。"

土黄的罐子已经变成血红的罐子。奶奶打开来，汤还有热气，搅了搅，还有几片牛肉。

喝了牛肉汤，再吃了几味药，几天后，二太爷的病好了，又活了四十春秋。

大太爷无儿无女，死后，我父亲每年都去上坟。二太爷死后，坟跟大太爷的坟相邻。每到鬼节，我父亲都带着我去烧纸。在两座土坟的中间，把纸分成两堆，点着。有一回，两堆纸刚烧完，风一吹，烟灰合到一处，飘上了天空。我母亲说："是不是两个太爷又吵起来了？"

父亲摇摇头，说："不是，两个太爷拿了钱，一起去镇上喝牛肉汤了。"

我的外公外婆

　　我外婆最初喜欢的是我外公，可后来又喜欢了胡七，并跟胡七结了婚。

　　胡七生得高大帅气，还能说会道，很会讨女人的欢心。女人嘛，都喜欢被哄，虽然是假话，也乐意去当真话听，我外婆也不例外，况且胡七假话真说，我外婆压根就不认为他说的是假话。而我外公虽然长得不难看，但跟胡七比就显得瘦小单薄了。况且，外公还不会说话，语言表达能力差。我外婆就决然地抛弃了我外公，跟胡七好了起来。

　　当然，还有一点，胡七家有钱，我外婆的父母也愿意外婆嫁给胡七。嫁给胡七，那算是从糠箩跳进米箩。嫁给外公，那算是从糠箩跳进更"糠"的箩。我外婆一家不痴不傻，怎么选择，透亮的事。

外婆对外公说："康大，我父母逼我嫁给胡七，没办法的事。"

我的外公，也就是康大，闷闷地说："能再考虑考虑吗？"

外婆不忍心了，低声说："嗯，我回去再抗抗婚。"

还抗什么呀？过了年，胡七就吹吹打打用一乘小轿把我外婆接进了门。

胡七在自家的场院里摆了十几桌。胡家的亲亲友友，都来了。乡里的头头脑脑，也到了。海吃，海喝。

那场面，威风。我外婆一家，光彩。胡七，高兴。

这家伙喝得酩酊大醉。

问题出在第二天一早，天还没亮，我外婆起床上厕所，刚到院子里，院门"哗啦"一声开了，以为是公公婆婆遛早回来，想问候一声，抬起头，一下子把她吓傻了。一个日本兵，端着大枪，站在院门中间，贼溜溜的大眼睛瞪着她，冒着绿光，嘴里嘟囔着："啊哈，花姑娘的，大大的。"

我外婆愣在那里，想跑，腿都木了，跑不动，张了几遍嘴，好不容易才喊出声来："胡七，胡七，鬼子来了。"

胡七在屋里的床上，仰躺着，等我外婆上完厕所回来做好事呢，被这一声喊，吓得从床上蹦起来，开门就出来了。

那日本兵已经进院，向我外婆走来，听到那边门响，赶紧把枪口转过去，对准屋里出来的那个男人。他看那个男人高高大大，觉得不能掉以轻心，便向前走了两步，一边拉枪栓，把子弹压上膛。胡七吓得转身就进了屋子，哗啦上了闩，又拿木棍顶死了门。

我外婆这时也缓过神来了，趁日本兵的注意力在胡七那儿的时候，猫下腰，冲出院门。胡家靠近后河堆。外婆拐到屋后，爬上后河堆，沿着河堆跑。

日本兵没想到外婆会夺门而出，更没想到会跑得那么快。他立即掉转身，端着大枪追出门来，转到屋后，看到外婆已经爬上河堆，也跟着上了河堆，快步追上来。

外婆穿着红棉袄，在河堆上疯跑，像一团火焰滚动，分外耀眼。

日本兵更加激情澎湃，恨不得一步赶上外婆。

我外婆是个小脚女人啊，哪里跑得过日本兵，脚步渐渐慢了下来。而日本兵越跑越快，兴奋得哇啦哇啦叫着，脚步加快。

眼瞅着就要追上了。

这时候，从河堆北面慢悠悠地走上来一个人。正是我外公。

我外公走路有些打晃，左手拎着把酒壶，右肩膀上扛着一把锄头。

我外婆恐惧的眼光中又呈现出一丝希望，她跌跌撞撞向我外公跑过来，想抓住这最后一根救命稻草。跑到跟前，她眼中的希望之光黯淡了。

我外公压根没瞅她，好像她根本不存在似的，低头绕过她，继续慢悠悠地往前走。

日本兵见有一个男人向这边走来，起初有点儿戒备，可一看，这人蔫头蔫脑，摇摇晃晃，站立不稳，心里也就放松了。

中国人胆子大大的小，刚才那个高高大大的男人都吓尿裤子，这个瘦小的男人算什么呢？吓破胆他也不敢怎样！

小河堆窄，最多同时并肩走三个人。我外公往路边靠了靠，毕恭毕敬给日本兵让出路来。脚可没停，继续往前。

两个男人就要擦肩而过。那时刻，我外婆就在前面几米远的地方，基本上跑不动了，那团耀眼的红眼看着就要静止在路边。

日本兵一心奔那团红来，眼里基本上忽略了外公的存在。不提防脚下一绊，扑通，摔了个狗吃屎。

原来是将要擦肩的时候，我外公突然把脚伸过来。那动作真叫一个麻溜！

"八嘎。"日本兵嘴里嘟哝着，要爬起来。我外公迅速回转身，举起锄头，对着日本兵的后脑勺，一阵猛砸，把日本兵的脑袋砸成一摊泥。

我外婆听到身后一声钝响，一下跌倒在地，瘫在路边。

这时候，河堆下的小街上不时传来枪声，后来竟然枪声大作。

那一天，日本人在六套制造了著名的"二六"惨案，屠杀了一百零八人。

胡七一家除了胡七从后窗逃跑之外，无一生还，我外婆的父母也被日本人枪杀在南大塘。

那天，日本人屠杀完了之后，集合清点人数，除了在铁匠夏如飞的屋后发现两具自己人的尸体外，另有一个叫野田的小队长失踪，到处查找无果，遂撤兵回响水口驻地。

那个叫野田的小队长，已经被我外公外婆拖到后河堆下，扔河里去了。

后来，我外婆就跟了我外公。

"你怎么正好从河堆下上来的呢？"结婚的那天晚上，我外婆问外公。

"跟你说实话，那天晚上我本来想从胡七家后窗翻进去，'锄'了胡七，把你抢走的。可是我又犹豫不决，只好在河堆下喝酒，一直到天要亮才下定决心，没想到正好碰到鬼子追你，我沉着冷静，略施小计，三下五去二，就把鬼子'锄'了。"我外公很豪壮地说。

"你真是个英雄哪！"我外婆挑起大拇指说。

"唉，就是那一夜，让胡七占了先，早知道还是晚上在你们没圆房前'锄'了他。"我外公惋惜地说。

"哼，你瞎说什么呀，我根本没跟胡七圆过房。"我外婆生气地说。

"那一夜胡七干啥了？"我外公问。

"那一夜胡七醉得起不来，第二天早上才醒，要跟我圆房，我说要上厕所，没想到出了院门就遇到了鬼子，我这才夺门跑出院门，跑上了后河堆。"我外婆说。

我外公长出了一口气，却说："我不信。"

"不信拉倒。"我外婆瞪了外公一眼。

我外公像狼一样把外婆抱到床上。

胡七曾经去找我外婆，我外婆说什么也不跟他回去了。

"你太自私了，你只晓得把自己的命当宝，眼里没有别人！"我奶奶申斥他。

"可是，可是，我费了那么大功夫，还没跟你圆房呢，我这婚结得冤呀。"胡七很委屈。

"你不冤，如果不是我们家康大那天晚上手下留情，你会跟那个鬼子一样被'锄'了，你说，你冤啥？"我外婆狠狠地说。

"对，难道，你还想被'锄'一次吗？"我外公把锄头在地上墩得山响。

胡七二话没说，转身就走，再也没敢回来。

外公哈哈大笑。其实他心里清楚，那天晚上，他是下了一夜的决心，可是最后的决定是：放弃，回家。

是那个倒霉的日本兵，瞬间改变了一切。

三道奶奶

　　三道奶奶姓张，二十岁嫁给六套镇上的成老三，就有了称呼，叫成张氏。她一生吃斋念佛，念《金刚经》时学会认字，长大后知书达礼，而成老三大字不识，又生性老实，做着小生意，属于饿不死也发不了财的主儿，对老婆言听计从。成张氏就成了家里的主心骨顶梁柱。她还经常帮助邻里调解纠纷主持公道，把弯弯曲曲的理儿捋得直直溜溜，一目了然，让人心服口服，无话可说。

　　镇里镇外，前庄后村，都佩服她，都叫她"三道奶奶"，说，三道奶奶那人，要是男的，起码得当个县太爷。

　　三道奶奶可没有做官的心思，她虔诚信佛，曾经颠着小脚走一百多里路到云台山上香。每年八月十五，家中天井放一张桌子，摆上鲜果，供奉月光娘娘。她围着桌子边走边念《金刚经》，一念就是一夜。年三十晚上，也要念一夜，因为百仙下界视察。"人家神仙老爷不在家热热乎乎过年，到凡间送福，咱可不能冷落了他们，得撑起这个场子来。"三道奶奶很严肃地说。

成老三是个好人，却没有福气，身子骨虚，病病歪歪好多年，终于撑不下去，卧床不起。三道奶奶天天跪拜菩萨，请求保佑。菩萨托梦来，说只有用她膀子上的肉炖汤给丈夫喝，丈夫才有活路。她早晨起来，用剪子铰自己大膀子，铰下一块肉来，然后又用香灰覆盖包扎伤口，瞒住家人，炖肉汤给丈夫吃。还真灵验，成老三喝了肉汤，精神抖擞，又活了下来。

傍着镇子横着条河，叫清水河，村里人出村往县里都得沿着河绕很远的路，很不方便。有图省事的，泅水而过，料不到体力不济或腿肚抽筋，沉下河底。三道奶奶就买了条船，让丈夫每天撑船摆渡。船头放着木匣子，坐船的人随意给点，不讲究。木匣子里的钱每天晚上都交给三道奶奶，一分不能动。

"你的命是菩萨给的，你用你的善行来报答菩萨。"晚上，三道奶奶一边为成老三洗脚松骨，一边讲道理。

成老三看着三道奶奶胳膊上的伤疤说："你就是菩萨，我就是报答你呢。"

又过了十年，成老三死了。不是病死的，而是为了救两个落水儿童，最终体力不支——毕竟是得过大病的人——溺死在水中。

成老三走了，三道奶奶在清水河上建起一座石拱桥。气势雄伟，南北横卧。取名叫广福桥。成老三的大名叫成广福。

哪来的钱？十年摆渡的钱（这钱，三道奶奶收得紧紧的，一分没动过），到处磕头募捐的钱（这十年里，三道奶奶经常到外面化缘），再加上自己的私房钱（三道奶奶的娘家有钱，当年陪嫁，金银首饰就有一箱）。

桥修起来了，镇里镇外的人进进出出也方便了。

这一年，日本人来了。日军驻扎在北面五十里开外的响水口。

1939 年 3 月 26 日，农历二月初六，天蒙蒙亮，日军突然杀进六套小镇。

儿孙们都劝三道奶奶一起逃跑。三道奶奶说："你们跑吧，我一个小脚老太太，跑不动了。"

儿孙们说："我们抬着您跑。"

三道奶奶说："菩萨会保佑我的，广福会保佑我的。"

儿孙们没办法，只好留下老太太，往南边的乡下跑。

不一会儿，日军闯了进来。日军闯进来之后，像狗一样乱蹿，翻箱倒柜，挺着大枪，端着刺刀，挑来挑去。

三道奶奶不理他们，端坐在蒲团之上，左手置于胸前，右手持槌，面无表情地敲着木鱼。她的眼睛是闭着的，口里念念有词。

一个军官模样的日本兵围着她转了两圈，然后，在她身后站住了。这个日本兵挎着军刀，看着老太太，听着老太太念诵经文的声音，他想到什么呢？

仿佛有一阵风从后窗袭来，外面传来枪声和惨叫声，三道奶奶的手哆嗦了一下，槌子落在地上。三道奶奶眼睛没有睁，手向身后摸索，却摸到了日本兵的军衣，还有军刀。三道奶奶的手停了一会儿，继续向下，摸索槌子。

日本兵伏下身来，将槌子捡起来，递过去。三道奶奶接过槌子，继续敲木鱼，念经。

日本兵闭上眼睛听了一会儿，突然手一挥，领着那群日本兵出去了。

日军走了，家人回来了。见三道奶奶好好的，仍在闭目念经，这才放下心来。家人问："鬼子来了都干些什么呀？"

三道奶奶却说："鬼子的衣服摸起来厚厚的，哗哗啦啦响，那一定是上好的衣服料子，值钱呢。"

那一天，日军在六套制造了著名的"二六"惨案，屠杀了一百零八人。

第二天，清水河上传来一声巨响，广福桥被炸了。守镇的国军说，如果没有这座桥，日军就不会这么快进镇，就会有更多的人有时间逃生。炸了这座桥，他们可以更好地抗击日军。

桥被炸了，三道奶奶经常去河边桥墩那念经祷告，有时还会哭，最后眼睛哭瞎了。

新中国成立后，政府又在那里修了一座石拱桥，还叫广福桥。

三道奶奶死了，享年八十二岁。

后来，乡民还自发在桥北立了一块碑，碑刻三道奶奶小传。

再后来，河被淤塞了，桥被拆除了，碑也没了。

方向盘

    我经常在市县之间奔走。我没有钱，买不起私家车，只得去挤公共汽车。挤来挤去，挤出许多事来。

    经常坐的一辆车，是毛书记开的。毛书记，售票员小刘这么叫。一般机关里称司机为书记。他开大车的，怎么叫书记呢？

    "开过二十年小车，很神气的，现在好日子到头了。"小刘说。

    毛师傅很瘦，脸跟刀削的一样，齐刷刷的平整，没有多余的肉。眼睛正视前方，炯炯有神。

    这样的人，一点儿不像给领导开过小车的。给领导开车的人，跟领导后面吃香喝辣，有一种优越感，身体也跟着富态起来。经见的世面多了，目光里就有一种油。这种油很复杂，是一种卑微与优越结合在一起的油。

    这人不。

时间久了，便知道了他的一些事。

果然是从机关里来的。还是大机关。不仅是司机，还做过两天办公室主任。司机做办公室主任，我头一回听说。

这有两个版本。一个是：

他给领导开车，兢兢业业，一丝不苟。不该说的话一句不说。不该做的事一样不做，利利落落。

那阵，领导刚学上车，手痒痒得不行，总想摸两下方向盘。他说，不行。

领导说："怎么不行，我有驾照，能开了，这路又这么宽敞。怕什么？"

他说："有驾照也不行。我是司机。只有我能开这辆车。这车不是您个人的，是单位的。"

领导说："我是这个单位的头，这车就是我的，我有权调配单位的一切。"

最终，他妥协了。胳膊拧不过大腿。他还得在这单位混呀。

他就把方向盘交给了领导。自己坐在副驾驶位上。

"就这一回呀。"他说。

领导哼了一声："全单位百十号人，我都驾驭自如。这辆小车，何足挂齿！"

"下次说什么我也不会让您开的。"他强调。

偏偏就这一回，出事了。把一个小孩给撞了。

他用手猛击额角，懊悔。晚矣。

领导傻了，全然没有刚才的威风。

他赶紧拉开车门，把小孩抱进车子，把傻了的领导拉下来，开车直奔医院。

还好，小孩并无大碍。

他主动把责任全承担下来。他觉得，是自己的错，谁让你一时手软，把方向盘交给领导了呢？

当然，他也承担不了什么责任。无非是多赔一些钱。赔款都从单位的账上支了。

领导很感激他。给他钱，不要。

领导说："正好缺一个办公室主任，你兼着吧。"

他拒绝。

"我不是当官的料。"他说。

"我是握方向盘的命。"他补充说。

"咳，什么命不命的，说你行你就行，也不让你分管文秘、接待，只是让你分管保卫。你不是军人吗？保卫工作是你的长项呀。"

他答应了。

说到底，他也不是立场坚定的人。这年头，又有几个立场坚定的人呢？

另一个版本是：

他跟领导出差，领导经常带些不同的女人，即便不带女人，也会带他去找小姐。时间久了，形成一种默契。领导感激他的忠诚，或者为了掩他的口，让他当了副主任。

不管是哪种版本，反正，他当了副主任。

也就当了两个月。领导突然调走了。来了一个新领导。

新领导也是一个爱开车的人，周末要回家，对他说："就不劳驾你跑来跑去了，我自己开着去，再开着来，省事，省钱。"

他不答应。或许，他想起前任领导的事。他觉得不能再犯老错误了。

新领导很恼火。

接下来，单位实施了一场人事改革。

把他的办公室副主任给革掉了。

他笑笑。他本来就不想当这主任。

可接下来，把他的司机岗位也革掉了。一个年轻的小伙子代替了他。

他苦笑。回家了。

先是在一家驾校做教练。他对学员要求很严格，甚至是严厉。学员受不了，反映到老板那儿去。老板就把他辞了。

一年的时间，下了两次岗。他有点儿灰心。好在他的驾驶技术不错，被人家请来开客车。

从小车，到大车。从为一个人服务，到为大多数人服务。他觉得挺好。他觉得挺适合这个岗位。

"开小车太复杂，还是开大车好，简单。"他说。

"得了吧。"售票员小刘白了他一眼，"人家人往高处走，你是水往低处流，给领导开小车多有油水啊，给领导的一份，也少不了你一份，除了领导，谁不巴结？可现在倒好，除了开车，还是开车，什么外快也捞不到了，谁都可以对你喊两嗓子。"

他笑了，说："一个人活着，身心自由是最重要的。"

小刘说："你这是典型的吃不到葡萄说葡萄酸，下岗了，人家不让你开小车，说这话了，当初怎么着了。"

他不说话，一心开着自己的车。

开自己的车，让别人说去吧。也许，他在心里自嘲。

车子到站了，旅客们收拾行李，各奔自己的方向。小刘跑下去，她可以利用短暂的时间，干一点儿私活。而他静静地伏在方向盘上，等待着回程。

我已记不清坐了多少次他的车了。

我听惯了小刘对他的奚落和挖苦，也看惯了他的忍耐与沉着。有时我想，为什么让他们两个人做搭档呢？

上个星期五，我回家，坐的仍是这辆车，可是驾驶员却不是毛书记。换了一个伙子。

我想，毛书记可能休假了吧。

小刘在默默地招呼着乘客。

没有她粗门大嗓地奚落取笑毛书记，旅途像少了什么。

我顺手拿起一张晚报，一条新闻赫然入目：

我市一公共汽车疾驶中，司机毛某突发脑出血，车靠边停稳后，他趴在方向盘上。

门　卫

单位有个门卫，叫老郑。

有点儿来头。据说是上面某领导的亲戚。

老郑很尽心尽职。弄个充气筒，帮着人充充自行车气。还负责分发信件。他分发信件很认真，从无闪失。还负责烧开水。传达室外有一大锅，老郑每天一大早就烧好一锅开水。单位四个楼层六个科室的开水，都在这里供应。

单位里的人都夸，老郑这人不错。

单位当时从效益方面考虑，只聘了老郑一人做门卫。老郑就在收发室里煮饭烧水。一开始，老郑是一个人在这吃，后来，老郑的一家一到饭点上，都来了。

老郑爱做油炸的菜。油炸花生米，油炸春卷，油炸鱼干。这样的菜下酒。

每天中午十一点多，油味弥漫整个大楼。一整楼的人肚子都叽里咕噜地叫：下班了下班了。

老郑好酒。

每天两顿，中午和晚上。每顿一茶杯酒，大概有三两。酒不是太讲究，大都是五块钱的汤沟。也有喝好酒的时候，那是单位人出去喝酒，剩下半瓶，带回来做个人情，给老郑了。老郑很高兴。

有时候，单位有人下班晚了，就到传达室，跟老郑喝两盅。挺好。

我在单位办公室上班，业余写点小文章，经常有些汇款单。我上下班的时候，路过门口，常看到他向我招手。我就知道，十有八九又有钱来了。

他说：“请客啊。”

我笑眯眯地答：“好嘞。”

本来是说着玩玩的，最后，觉得还是请一回比较好。虽说，收发信件是他的职责，但如果他瞒下一两张汇款单，或者藏起几封信件，也没办法。

就请他喝了酒。当然，也是一个简单的形式。买几个凉菜，带一瓶酒，两个人对饮。

他喝着酒，大笑着：“作家请我喝酒了，我可有得吹喽。”

我当然不把他的话当真。作家算个什么呢？有时，真不如他活得自在轻松。

他没有什么任务。做完一些机械性的活儿，就待着看电视。他看电视似乎不调台，每天都是中央一套。什么节目他都看得津津有味。有一天，我看到他看电视哧哧地笑出声来。一看，原来是动画片。这么大岁数还看动画片，还能看出味道来，真不简单。

老郑性格好。这是公认的。单位里有人这样咒人：你再这样下去，老郑也不答你了。

当然，门卫这个岗位，有其特殊性。这特殊性就在于，老郑能知道一些单位里别人不知道的秘密。比如，有些男女同事会借加班为名，搞点小动作。再比如，领导经常在晚上找一些女职工谈工作。这些，都是心照不宣的事。老郑一概不问，睁一只眼闭一只眼。领导当然也对老郑特殊照顾。逢年过节，发点东西，正式工有的，老郑也不能少。一阵子，单位效益不太好，职工发的工资很低，可老郑的工资却一点儿没减。领导说了，人家是临时工，得按当时协议上的来发。

这一点，曾让很多职工心理不平衡。但这种不平衡只在心里。谁跟一个临时工攀比呢？况且，人家老郑性格温和，从没跟谁结过梁子。

后来，单位发生了一些变动，协议解散了一些职工。这些职工，按工龄长短，都得到了相应的补偿。工龄长的员工，能得到十几万。短的，只有几万。

老郑却稳稳的，没人解散他。

又过了三年，忽然，上面有了新规定，传达室的临时工必须清退，由保安公司接管。这是没办法的事，老郑再有来头，也得退。

我在办公室分管人事，觉得这点小事，不在话下。当年，那么多正式工都走了，一个临时工，能翻多大泡泡。只需把上级的规定拿给他一看，就得乖乖地走人。

可我想错了。

老郑笑眯眯地看完文件，说："好，我也想走。"

老郑接着问："我来多少年了。"

我算了算，说："连头带尾，十五年了。"

老郑从抽屉里拿出劳动法来，指着第二十条说，这有规定：劳动合同的期限分为有固定期限、无固定期限和以完成一定的工作为期限。劳动者在同一用人单位连续工作满十年以上，当事人双方同意延续劳动合同的，如果劳动者提出订立无固定期限的劳动合同，应当订立无固定期限的劳动合同。

老郑说："我已经超过五年了，不能这么一辞了之，得按正式工一样，给予补偿。另外，这么多年，都是我一人值班。国家可有规定，每天的工作时间不得超过八个小时。我每天二十四小时不间断上班，就该得双倍的报酬。还有，全年的法定公休日为一百零四天，法定节假日为十天，我一天没休过，得付加班费。"

老郑给我算了算，得补偿十五万块钱。

我有点儿措手不及，没想到笑眯眯的老郑会有这一手。

我赶紧上去汇报。

领导说："没想到，清退个临时工，还有这么多说道。当年，协议解散正式员工，也没这么多条件。一分钱也不给。"

可第二天，领导又对我说："我找律师问过了，老郑的话在理，就按老郑说的办吧，不过注意保密，不要让别人知道。"

于是，老郑轻轻松松拿了十五万，走了。

他走了，给我留下了不解之谜。难道真是法律的效果吗？

要知道，不少正式工走了，也没拿走这么多钱。

更为不可思议的是，忽然有一天，老郑又回来了。这家伙穿着一身保安制服，很神气。

原来，他到保安公司应聘，做了保安。

保安都是轮回的。县城配备保安的单位本就不多，三轮两轮，轮到原单位了。

老郑仍然笑眯眯的，跟以前一样。

只是那身保安服穿着，有点儿别扭。

俗　事

　　坐公共汽车，单人出门的，都希望碰到一个好的旅伴。好的旅伴，性情相合，话语投机，一路聊下去，旅途便不再寂寞。

　　我也一样。这两年，老坐公共汽车。如果身边是一美女，旅途就很愉快，两个小时的路程，本来很长，很无聊，现在却很短，很充实，到站了还不想下。如果身边坐着个醉汉，或者不讲卫生、一身异味的人，完了，要多痛苦有多痛苦，只恨路长！

　　还有，都希望旁边坐一个瘦子。这样宽适一些。两个胖子挤着，胳膊挨胳膊，挤出一身臭汗。没意思。有一回，我上车很晚。一看，全满了。只有中间一排，有一个胖姑娘这空着。赶紧过去坐下。这胖姑娘一句话把车上人都逗乐了。

　　姑娘说："唉，等来等去，也等来一个胖子。"

闲言少叙。这一回，我的旁边坐着一个瘦子。小伙子。坐着不停地翻手机。翻着翻着，不由长叹一声："唉。"把我吓一跳。

他似乎在等待着我问：年纪轻轻的，因何叹息啊？可我没问。如果是个姑娘，我或许会亲切地问一句：姑娘，怎么啦？

小伙子等了半天，见我没问，就说："大哥，请教您一问题，爱情是不是越简单越好？"

我说："你这问题，太复杂，太深奥。"

他说："我觉得是越简单越好，包括婚姻。当年，我爸跟我妈，经媒人介绍，认识了，媒人问我爸，'满意不？'我爸说，'成，是个女的，没狐臭。'就这样，我爸和我妈就成了。过了几十年。你说多简单啊。"

我说："是够简单的。"

他说："可现在呢，整得挺复杂，一大筐杏子里挑来挑云，不还是挑着烂杏子吗？就比如说我吧。挑来挑去，挑到第五个，哎，满意了。我觉得她就是为我而来的。我们天天在一起，跟一个人似的。可最近，她离开我，到上海去了。她的一个亲戚在上海给她找了一份好的工作。我不想让她去，可是，我们厂里的待遇也太低了。她说，到上海站稳脚跟，让我也过去。"

"好事啊。"我说。

"问题就出在这儿了，她到了上海，就是不告诉在哪儿上班。起先还给我通电话，后来，电话也不接，信息也不回了。我觉得有情况，忍不住去了一趟上海。"他说。

"有什么情况？"我的精神头上来了。上海之行，肯定有故事。我这个作家又可以写一篇小说啦。

"我先找我上海的一个朋友，朋友很高兴，说，请我吃饭。还说，他刚泡了一妞，不错，中午喊过来一起吃饭。还当着我的面打了电话。我说，我也请我女朋友来吧。一打电话，人家没空，说晚上要加班。"他说。

我的心一冷，莫非他朋友的女朋友，就是他的女朋友？这也太没劲了。只有三流的写手，才整这么一个故事出来。

"我们到了饭店，先坐下，等。等了一个多钟头。我朋友解释说，离得比较远，堵车。我说，没关系。正说着，门开了，进来一个女的，我一下子惊呆了。"他接着说，情绪有点儿激动。我却越来越提不起神来。

"你猜那个女的是谁？"他问。

"你女朋友吧。"我懒懒地说。

"是啊。"他几乎是喊出来的。

他接着说："这也太过分了。那一瞬间，我也明白怎么回事了。她站在门口半天没缓过神来。我那朋友也明白怎么回事了。你可想象得出，那场面是多么尴尬啊。接下来，她掉头跑了，我也转身就走，撂下我朋友一人面对一桌子菜发愣。之后，她不停地发短信给我道歉。我朋友也打电话给我，向我解释。我朋友说，没想到她是这种人，'我坚决不要她了，你也不能要她。'这种女人，水性杨花！"

我说："是啊，你也别太上心，你这么优秀，会找到真爱的。"

"我不生气，"他说，"我是家里独苗，还指望给家里传宗接代呢，为这个女人气坏了身子可不合算。当时，我打的到了车站，太晚了，没车了，找了个宾馆住下来。躺了一会儿，才想起来，包忘在朋友的宿舍了，赶紧到朋友的宿舍，敲开门，你猜怎么着？"

"你女朋友也在里面呢。"我说。

"你怎么猜得这么准？"他说。

我心里说，这不用猜，这是三流小说家写的俗得不能再俗的故事。

他接着说："我拿起包就跑了。第二天一早，跟车就回了。今天周末，回家。爱情是假的，只有亲情是真的。算一算，已经半年没回家了。"

沉默了一会儿，他突然叹了口气："唉，你不知道，我女朋友长得很漂亮，本来，我的手机里存满了她的照片，现在都被我删了，你想看也看不到了。"

他掏出钱包，我看到他的钱包里有一张相片，是他跟一个姑娘的合影。那是他的女朋友吗？这女子并不漂亮啊。

他仿佛看出我心里想什么，指着那张相片说："这是我一个女同学。"

合上钱包，他突然又长叹一声，说："我女朋友已经怀孕了，本来打算春节结婚的，现在不知该怎么办？"

一句话，说得我在心里也长叹一声。

　　车子到了他的县，他说："大哥，我下车了。跟你说了这么多，你可别嫌烦呀。唉，说出来，心里就敞亮了。"说着，他下了车。

　　我前排的一个人回过头来说："这人神经病吧。"

　　我不答。扭头看窗外，看到他跟一个姑娘在路边说话。

　　正是相片上的那个姑娘。

两只羊

　　方长明想扳倒一个人，这个人就是他的顶头上司陈大光。

　　说起来，他们是童年的伙伴。他们在响水河畔放过羊。陈大光比方长明大一岁，就早一年上学。陈大光爱躺在草坡上给方长明讲故事。陈大光说，两只山羊过独木桥，走到桥中间，互不相让，就顶了起来……陈大光还会唱歌。陈大光唱"小羊儿乖乖，把门儿开开"，方长明就在旁边拍着手。

　　唱着歌，拍着手，晃晃荡荡，就长大了。他们一前一后离开响水河，到水城念高中，一前一后考上了同一所大学，又一前一后到同一个单位上班。很有缘分啊！

　　可他们并不珍惜这来之不易的缘分。不仅不珍惜，还恶意践踏。

　　真正的仇怨，是在大学里结下的。方长明比陈大光低一届。

方长明到校报到的时候，陈大光已经是大二的老生了，并且是学生会主席。方长明血气方刚，要求进步，也想进入学生会，又是申请又是报告，还请老乡吃了饭。但折腾多日，最终的结果还是没有方长明的名字。方长明来问陈大光，陈大光说："老乡，没办法呀，名额有限，我把你放在第一个报上去，可辅导员偏偏把第一个圈掉了。"后来，有人透露，陈大光压根就没把方长明的名字报上去。方长明很是不悦，把一口恶气狠狠压在心里。

这学校是某系统的专科院校，所以毕业分配，俩人就一前一后进入那系统的地方直属单位工作。由于都有很强的专业能力，俩人都很快混到科长的位置。两个人表面上和和气气，暗地里却拧着劲干。但陈大光脑袋更活，上面又有人关照着，几年的工夫，就飞腾上局长的宝座了。这个结果对方长明的打击是巨大的。这就意味着他可能永远在这个小科长的位置上停滞不前，甚至还有下滑的可能。当上局长的陈大光不再是当科长时那么和气了，见到方长明总是拉长了脸，经常对方长明没头没脸地训斥。后来干脆，将方长明发配到一个下属单位当个小负责人了。

那是个偏远的小乡镇，不毛之地呀。方长明在那里一待，就是五年。

这五年里，方长明吃尽了苦头，两地分居，孩子上学，一大摊的苦恼无人诉说。

终于，方长明忍无可忍了。

扳他！方长明压抑多年的熊熊怒火一下子喷发而出。

扳倒陈大光并不是容易的事，而是颇费周折。陈大光上面有人，树大根深，牢固得很。在斗争的初始阶段，方长明遭到很大挫折，差点儿全军覆没。方长明不灰心，重新组织了材料，一批批往纪委、反贪局寄。并且联合群众，上串下连，得到了许多人的支持，连陈大光身边的人也倒戈"起义"了。经过多个回合的艰险较量，陈大光终于被审查了。

陈大光被抓走的那天，方长明就躲在人群里。

就在抬脚上警车的一刹那，陈大光突然回过头来，目光掠过人群，准确地接住方长明幸灾乐祸的目光。方长明看到陈大光咧了咧大嘴，仿佛是想冲他笑。但还没笑出来，便被准上了车。

他想笑呢，自从当上局长，还没见他笑过呢！方长明想。

陈大光被判了刑，入了狱。

扳倒了陈大光，方长明的前途一片敞亮，被调回城，安排在一个重要的岗位上。

富有戏剧性的是，两年后，方长明也因为贪污受贿被下了狱，并且和陈大光在同一所监狱里服刑。

现在，方长明和陈大光都熬出了狱。

这一天，俩人在一个小巷里相遇了，他们相互对峙了一会儿。这时，方长明说话了。方长明说："老陈，你好！"陈大光也说："老方，你好！"短暂的沉默之后，方长明又说："走，咱们喝茶去，我请客。"

两个人端坐在水城倾心杯茶楼上。他们一边品茶，一边聊些陈芝麻烂谷子的旧事。方长明站起来，打开窗子。从窗外送进来一阵和煦的春风，也送上来一阵清脆的童音：小羊儿乖乖，把门儿开开，快点儿开开，我要回来。方长明转过身，看到陈大光愣了愣，接着就咧开大嘴，哈哈地笑了。

方长明长舒了一口气，想，他终于笑出来了。

方长明也笑了。

一个月后，水城又多了一家茶楼，名字叫"两只羊茶楼"。老板有两个，一个是方长明，另一个是陈大光。

王小乐

李小蕊是小学六年级的学生，跟王小乐是同桌，也是好朋友。她们的家离学校不远，每天都是步行上学。王小乐上学要经过李小蕊的家，王小乐都是上楼来喊李小蕊一起手牵手走。到学校听课，两个人在桌子下面也手牵手，那样，她们会听得更入神。王小乐比李小蕊的性格要外向些，也强大些。她对同学说："你们不准欺负李小蕊，谁欺负李小蕊，就是欺负我，我就跟他没完。"放学了，两个人一起背着书包回家，到了李小蕊家，李小蕊并不上楼，而是看着王小乐过了街，进入她家的小区，才上楼。

这一天，李小蕊午睡起床，敲门声就响起来。李小蕊开门，王小乐正站在门外，却不进来，神色慌张地说："我发现了一件很奇怪的事，你来看看。"李小蕊说："有啥奇怪的事呢？"

王小乐说："你来看看就知道了。"李小蕊跟着王小乐下楼，到一楼拐角处，王小乐让李小蕊看墙角。这是旧小区，墙上到处贴着广告，乱七八糟的。李小蕊看到墙角空白处写着一行字：李小蕊跟吴小宇谈恋爱。字写得很丑，歪歪扭扭的。吴小宇是李小蕊和王小乐的同学。李小蕊说："这是谁写的呢？"王小乐说："不知道啊，我上楼喊你，无意中看到了。"李小蕊想上楼喊爸爸妈妈。王小乐说："算了，也不算什么大不了的事，把它擦了就是。"王小乐从书包里拿出橡皮，擦掉字。两个人手牵手上学去了。

两天后的一个中午，王小乐又慌慌张张敲门，告诉李小蕊又有情况。李小蕊跟王小乐到下面一看。那里又出现了一行字，跟上次的笔迹一模一样：李小蕊跟王小乐同性恋。李小蕊说："这次怎么还写你了呢？"王小乐说："这肯定是我们班同学写的，看我们俩关系好，嫉妒呗。"李小蕊说："那为什么要到我家楼道口写字呢，难道不怕被发现吗？"王小乐说："可能是中午我们睡午觉的时候写的，那时上下楼的人少。"又说，"我这次到班上好好查查，看看谁往我们头上泼脏水。"说着，王小乐拿出橡皮，把字给擦了。两个人手牵手上学，路上，王小乐给李小蕊分析了几个怀疑对象。到学校，王小乐盘问那几个人，没人承认。

又过两天，李小蕊家楼下的墙上又有人写字了，仍然是王小乐发现的。这次写的是：李小蕊跟王小乐的男朋友周小刚有婚外情。李小蕊再也受不了，呜呜地哭了，一边哭一边跑上楼，把正在午睡的妈妈喊起来。那几天，李小蕊的爸爸出差没在家。李小蕊的妈妈听着女儿哭诉这一周来的情况，又仔细看看墙上的那行字，安慰女儿说："没事的，肯定是哪个同学跟你们开玩笑的，你们上学去吧。"李小蕊跟王小乐刚走，李小蕊的妈妈就用手机拍了照。

两天后的中午，李小蕊的妈妈没有午睡，早早地站在窗口往下看，看到王小乐过了街，来到这边楼下，四处张望，进入楼道口。李小蕊的妈妈立即轻手轻脚下楼，通过楼梯的缝隙，看到王小乐从书包里拿出笔在墙上写字。李小蕊的妈妈几步走到楼下，说："王小乐，你在写什么？"王小乐一惊，笔落在地上。李小蕊的妈妈过去一看，更是吃惊，只见王小乐在墙角写着：李小蕊是我的好朋友，不准有人说她不好！王小乐说："老是有人在这里写小蕊不好，我很生气。"李小蕊的妈妈拿出手机，看了看墙上的字，又看看手机照片上的字，说："可是，前天的字跟今天的字笔迹是一样的啊，这些字分明都是你写的！"这时候，李小蕊背着书包下楼了，她看明白这一切，哭着往学校跑去，王小乐在后面追，她也不理。

李小蕊的妈妈来找老师。老师说："王小乐这孩子怎么会这么有心计呢？我找她谈谈吧。"找来王小乐，王小乐低着头一语不发。当天晚上，李小蕊并没有跟王小乐一起走。王小乐也知趣地一个人从另一条路上回家。

这件事对李小蕊的伤害很大，她变得更加内向，不愿意跟别人交往。最好的朋友都背叛她，写她坏话，她不敢相信任何人。妈妈给她找了心理医生，她才有所转变。不过，她跟王小乐从此再也没有说话。

后来，她们小学毕业，考上不同的初中，就很难见面了。有一次，李小蕊上体育馆去练乒乓球，回来的路上，碰到了王小乐。李小蕊走出去很远，回过头去，看到王小乐也在回头看她。

她怎么变得又黑又瘦呢？

李小蕊不知道，王小乐的父母一年前已经离婚了。

王小乐的父亲，跟同单位的一个人竞争科长的位置，背地里写了不少匿名信给上级领导，在网上编造竞争对手的谣言，被单位查出来，受到处分。他咽不下这口气，索性辞职去了另外的城市。

王小乐的母亲，一直跟另外一个男的有婚外情，后来，跟王小乐的父亲离了婚，跟那个男的去了另外一个城市。

王小乐一个人住在爷爷奶奶家。

李小蕊不知道这些，如果她知道，她会主动跟王小乐说话的。

但是，她确实不知道。

鱼汤面

那天早上，天气晴好。

他步行去上班，路过一个小区门口，从里面走出一个女子，冲他莞尔一笑。他仔细一看，原来是她。

他和她是高中同学，前后桌。他喜欢她。她应该也喜欢他。她早上起得匆忙，总是忘了吃早餐。他便早点儿来，把她喜欢吃的食品偷偷塞在她课桌下面。她知道是他塞的，每次下早自习拿出食品，总是浅浅地向他笑笑。

只有他能看到的笑。

他们还在一个星期天，相约在县城的一家面馆吃了一次早餐。那家的鱼汤面特别有名。他们就吃鱼汤面。

可就是那一次唯一面对面的早餐，被一个同学看到了，并且迅速地传播开去。

她对他说："以后，你别请我吃早餐了。"

又说："别往我的桌肚放东西了。"

又说："别跟我说话了。"

后来，他们就再没有说话。再后来，到不同的城市上大学，彼此也无任何联系。

"咦，怎么是你？"他问。看到她，他既惊诧又欣喜。

"是啊，我也没想到，我在里面看到你，以为看错了，原来真是你。"她说。

"你是哪一年到市里的？"他听人说她一直在下面的一个县上班。

"有八年了吧，你呢？"

"我毕业后分到这里。你就是住在这个小区啊？"

"是啊，搬到这有两年了，你呢？"

"我在南边的金色水岸，住了也有两三年。"

"哎哟，那相差不过三百米啊。"

"是啊，那怎么没遇过你呢？"

"我每天都是吃过早餐后出来的，要比今天迟走二十分钟左右吧，所以就岔开了。"

"对的，我正常不在家吃早餐，所以早出来。前面有一个早餐店，鱼汤面不错，我请你吃早餐吧。"

"好啊。"

他想跟她在吃早餐的时候好好聊聊。毕竟十多年没见面了，他在心里还是经常挂念着她的。

两个人来到了那家早餐店。这家早餐店很简单，面摊设在外面，客人都在店里面吃饭。老板在灶上忙着煮面，老板娘店里店外忙着端面。

老板娘热乎乎地问："二位，吃啥呢？"

想起多年前的那次早餐，他不假思索地说："我来碗鱼汤面，你也来碗鱼汤面吗？"她浅浅地笑了一下，那笑，只有他能看出来。她说："好吧。"

说着话，她往面馆里面看，突然压低声音对他说："里面有一个男同事在吃饭，那人会嚼舌头，我们装作不认识啊。"说着话，她拎着包直接走了进去，跟里面的同事打招呼，并坐在同事的对面。

他呢，有点儿扫兴地在门口站了一会儿，觉得她过于小心了。老板娘冲他诡秘地笑笑，他也回了一个笑，走了进去。

他坐在靠近门口的座位上，看到她跟那个男同事装模作样地聊天。聊的什么，他没有兴趣听，只是看着手机，等鱼汤面。

一会儿，鱼汤面上来了。先端给她，再端给他。老板娘在他桌上放下面时，又是诡秘一笑。他先喝了一口汤，今天的鱼汤味道太淡。又挑了一口面，今天的面有点儿软，不筋道。

那个男同事先吃完，并冲她招呼说："账结了啊。"她说："谢谢。"

男同事先走了，她把面端到他面前，歉意地一笑："你不知道，这个男同事嘴太臭，会传播小道消息，没影的事，能说得有鼻子有眼，太烦人了。"

他说："理解，每个单位都会有这种小人。"随后，他又开玩笑说，"人家帮你付了早餐钱，你还说人家不好，不厚道啊。"

她也笑了："我说的是事实嘛。"

他本来想跟她好好交流交流的，这时却没有了兴致，于是闷头吃面。

吃完面，他走出来，要结账。老板娘说："刚才那个人结了啊。"

他说："他结了她那份吧？"

老板娘说："都结了啊。"

她的脸一下子灰了："原来他早就看到我们是一起来的啊。"

他笑了，说："结了好，省了我一顿早餐钱。"

老板娘也笑了，说："天天来吃，天天有人结，省多少钱啊。"

两个人往前走，有一搭没一搭地聊着。那个男同事迎面跑了过来，说："哎呀，我的伞忘店里了，去拿一下。"说着，穿过他们往店里跑去。

他抬头看天，说："这人什么毛病，好好的天，带哪门子伞。"

她的脸更难看了，说："怎么这么倒霉，早知道他看到我们俩，我们就大大方方一起吃面了。"

她一定是后悔遇到他了吧。

阳光灿烂，他心里却有点儿沉闷，不再理她，自顾自往前走。

她还在后面喋喋不休："唉，今天他那臭嘴一广播，不到明天，可能就满城风雨了。"

归 去

夏天的早晨，吴天厚老人到城里去看女儿。

此行源于头天晚上的一个梦。梦中，女人说：你去看看咱的女儿吧。像往常一样，老人拉住女人想扯些话儿，可女人却怪异，再没二话，只是用眼睛睨他一下，掉头走了。

老人静坐床头，默默吸烟，回想着女人的话，想，是呢，我该去看看女儿了，天亮就去。

窗，被满屋的烟雾缓缓熏亮了。老人起床，从门后的鸡窝内捉了那只养了好久的老母鸡，捆了两爪，放在柳条篓内。

在老母鸡"咯咯咯"的抗议声中，老人花五块钱，乘上去城里的中巴车。

老人不愿进城，实在是不愿见他的女婿。唉，女儿真是中了邪，相上这么一个混街郎！

那个上午，太阳升起很高的时候，女儿带着那人，那人拎着烟酒，来了。老人一接那人的眼神，心就一紧，像是腊月天里被河水激了一下。

那人剖开一个西瓜，黑子红瓤地摊了一桌。那人挑了最大的一片递过来，老人却没接。是女儿接过，递给老人，方缓解了尴尬。

那人说话了，那人的嘴就似瓜瓤儿般甜。

随你怎么甜，我眼里就是搁不下你。带来的烟酒，原封不动带回去！

怎的？赖着！操起打狗棍，擂断你的狗腿，看你还敢不敢上门！

可女儿却背叛他这个老子。护着那混子，铁心去了城里。

那个夜，他拉着女人扯了一宿的话。

你看看呀，这就是你拿命换来的亲女儿呀。

为了生她，你流了那么多血呵！

那浑小子，我一看他的眼神，就知道心眼歪，不可靠呀！

扯着扯着，老人竟然将脸闷在被子里，呜呜咽咽地哭了起来。

女儿这一去，就再也没回来，结婚了也没回来。那个街混也再没有登过他家的门。

他心灰意冷，发誓再不见女儿。可又怎放得下心？到城里悄悄打听了，知道女儿过得并不如意。那个街混很懒，经常在外面和一群狐朋狗友吃喝赌牌，据说，外面还有小女人。

一次，他在女儿家的巷口截住女儿。女儿说："我已经怀上娃了，等娃儿生下来，他就能收心。"

太阳火辣辣地，将不满聚在这个城市。城市就像农家灶屋里的草锅，人群就是锅里沸水，这儿冒出一泡泡来，那儿冒出一泡泡来，显示着一片热闹景象。老人斜挎着篓，融入了这锅沸水当中。他低着头，向女儿的家里走去。从车站到女儿家，这段路不算远，老人步履蹒跚，走了许久。

面对女儿家紧锁的院门，他忽然胆怯起来。这个院门，他一次也没进过。有些时候，他会在街口的树下站着，远远地看。

"他们一家去医院了。"一个人从老人的身后走过，走出几步后，忽然回头说了一句话。老人便转身奔医院去。这一次，老人的步伐加快了。篓里的老母鸡仍在高高低低地唱歌。

医院洁白的墙壁和过道上匆匆行走的白大褂，晃着老人的眼。老人感到，这里的水泡比街上更为拥挤，也更为复杂。老人在一个白大褂的指点下，走上二楼。远远地，见那个混混儿皱着眉，坐在妇产科的门口。

那混混儿见了老人，一愣。旋即迎上来，接下老人的柳条篓。刚刚安静的老母鸡又开始鸣唱起来。

"咋样？"老人问。

那混混儿的目光闪向那个"禁止入内"的大门，说："刚进去。"

老人欠身坐下，目光却一直在"禁止入内"的门上停留。

他哆嗦着从袋里掏出烟。那混混儿立即握着打火机迎上来。老人却又将烟收回，兀自生生地叹了一口气。

时间在炎热的空气中无声地流淌，老人的眼睛始终没有离开过那个"禁止入内"的门。终于，"禁止入内"在老人的逼视下陡陡地闪了进去。

两个盯着门的男人也都陡陡地站起。

护士向那个人招招手，说："你进来吧。"那混混儿问："生了吗？"护士说："没呢。有点儿难产，需要你给她打打气。"

那混混儿跟着护士走进去，"禁止入内"愣愣地弹了回来。

时间仍在流淌，无声而焦灼。终于，"禁止入内"又陡陡地闪了进去。先是出来两个穿白衣的医生，那个人也随后跟出来。

"生了，男孩，八斤重呢。"那个已为人父的人抹了一把额头上的汗，甩了甩手说。

"你先回去，把这只鸡杀了，我马上回去炖鸡汤。"

老人从那人的手里接过钥匙，又将柳条篓背了起来，缓缓地向下走。穿过楼下大厅悲悲喜喜的喧闹，走上了熙熙攘攘的街道，走向几条街外的那个院子。

老人走到第一个街口，停留片刻。那个街口正发生着一起两辆摩托车相撞的交通事故，街口挤满了看热闹的人群。

老人继续往前走，走到第二个街口，又停留片刻。那个街口正过着车队，十几辆豪华轿车穿梭而过。

老人的脚步继续向前挪移，在第三个街口又停留片刻。正有一个赤裸身体的疯子，在街心跳着一种怪异的舞蹈。

……

过了第五个街口，老人就到了女儿的家。他开了门，一刻也没停，就从厨房里找来刀、盆和碗。

很快，那只鸡就皮光光地躺在了盆里的热水中，盆的旁边杂着一堆鸡毛。

老人站起来，又接来一盆干净的水，将鸡反复洗净。他还想站起来，将鸡送到厨房去。他不会用城里的液化气，他只有等女婿回来了。

可他的腿上没有一点儿力气。他倚着墙，想歇一会儿。这时，他看到他的女人正笑笑地站在面前。

你有孙子了，八斤重呢。老人说。

没事了？女人握住他的手，说。

没事了。老人说。

……

大概过了一个小时，女婿回来了。他看到他的老丈人正安详地歪坐在院墙下，那只杀好的鸡已经从他的手里脱落在地上。

女婿的腿忽地软了，哭叫一声："爸哎……"扑通，跪下了。

刚才，在医院的产房里，在妻子的产床前，看着妻子痛苦的叫唤，他的腿也是这样一软，跪下来。

吃羊肉

五年级的一天，我跟天平放学回家。天平的姐夫从后面跟上来，告诉我一个意外的消息："二品，你姐跟丁发谈恋爱了。"

他怕我不懂，就认真地说："谈恋爱，就是丁发要成为你的姐夫了。"

见我仍然发怔，他又比画说："比如，我和天平的姐谈恋爱，后来呢，我就成了天平的姐夫。"

我使劲地摇了摇头，说："不可能，我不要一个杀羊的做我的姐夫。"

天平的姐夫说："不管你要不要丁发做你的姐夫，反正我不能做你的姐夫，因为我已经是天平的姐夫了。"

果然，我们在村口遇到了丁发。他远远地叫住了我，让我将一张电影票带给我姐。

我回家就将票递给姐。姐问:"谁给你的?"我说:"丁发。"姐淡淡地说:"你去看吧。"我高兴坏了,接过电影票就往街上跑。

　　丁发见我,有点儿惊诧,说:"咦,你姐怎么不来?"我说:"我姐病了。"他说:"什么病?"我说:"感冒吧,有点儿咳嗽。"他嗯了一声,说:"你先看着,我上趟厕所。"说完就走了。好一会儿,丁发才回到座位上,手里提着个塑料袋。

　　电影散场后,他把我送到我家门口,又将袋子塞给我,说:"这是感冒药和止咳糖浆,让你姐姐吃下去,就不感冒也不咳嗽了。"我说好。可他刚走,我就把感冒药扔了。止咳糖浆我没舍得扔。我以前咳嗽时,喝过这东西,味道甜甜的。我现在虽然不咳嗽了,但怀念那种甜味,每天舔一口,还是很不错的。

　　我姐还没睡,正在发愣。我走过去问:"姐,你真的跟丁发谈恋爱了吗?"姐摇了摇头。我问:"那到底是怎么回事呢?"姐叹口气说:"都怪咱爸。"

　　原来,姐并没有跟丁发谈恋爱。所谓的恋爱,也只是丁发的一厢情愿。丁发爱上了我姐,爱得有点儿痴迷。就在前天吧,丁发的父亲请几个人到他家吃羊肉喝酒,其中就有我父亲。酒至半酣,他父亲问我父亲:"酒好吗?"我父亲说:"好!"他父亲又问:"羊肉好吗?"我父亲说:"好!"他父亲再问:"我儿子好吗?"我父亲还是一个字:"好!"他父亲就说:"咱俩做个亲家,经常在一起喝酒吃羊肉好吗?"我父亲喝多了,口齿有点儿不清,但还是说出了一个"好"字。

在场的另外几人都说好，酒好，羊肉好，这门亲事也好！最后，我父亲提着一条羊腿，醉里歪斜地回家了。他先做我母亲的思想工作："梅子嫁到丁家，喝不完的羊肉汤，也算福分。"我母亲点头，说："也罢了，丁发这孩子还算不错。"

可我姐并不同意。那时，她已经看上了同厂的一个青年小周。但我姐很孝顺，她不愿伤父母的心，同时，她也不愿让丁发难堪，所以就不置可否。

丁发家的羊腿不能老放着，得吃呀。那天中午，满满一大盘羊肉就上了我们家的餐桌。全家人都围过来，津津有味地吃起来。刚下班的姐也拿起碗筷，刚坐下，却猛地回过头去，从喉咙里发出了一声干呕。然后，她捂着嘴飞快地出了屋子。

母亲追出去。过了一会儿又回来，说："梅子一闻到羊膻味就呕。"父亲嘴里嚼着肉，说："奇怪，多鲜美的肉，吃不出膻味来呀。"

我母亲也说："以前咱家也吃过羊肉，没见她呕呀。"又问我，"你说，她以前吃羊肉呕吗？"我摇摇头，说："我记不清我们家什么时候吃过羊肉了。"我父亲说："这可怎么办？跟丁家结亲，又不吃羊肉，这可怎么办？"

那天晚上，我父亲去了丁发家。我也跟着去了。丁家屋里充满了血腥味，丁家父子正在忙着杀羊。我父亲说："这门亲事算做不成了，梅子她不吃羊肉。"丁发的父亲说："是吗？羊肉这么好吃的东西，她怎么会不吃呢？"我父亲说："她不仅不吃羊肉，而且一闻到羊膻味，就吐，吐得一塌糊涂。"丁发说："那我们家就不杀羊了！"丁发的父亲摇摇头："不行，不杀羊我们能干什么呢？"丁发说："杀什么就是别杀羊。"丁发的父亲恼了，吼道："杀了多年的羊，你说不杀就不杀了，你是我爹呀！"丁发"当啷"扔了刀，蹲在地上，像一只待宰的羊一样发出绝望的干号。

我父亲很内疚，说："丁发，你别伤心，我会还你们家一只羊腿的。"

丁发号得更凶，说："这是羊腿的事吗？这是羊腿的事吗？呜呜。"

我姐和丁发的亲事就算过去了。那以后，我姐就真的不吃羊肉了。后来，我姐跟她喜欢的小周结了婚。他们相处和睦，生活美满。听说，小周也不吃羊肉。

那一年，我工作了。一天，姐夫和姐来城里看我，我请他们下馆子。我点了一盘羊肉。我们三人吃得满头大汗。吃着吃着，我突然想起来，说："你们不是不吃羊肉吗？"姐夫突然笑了，说："其实，我是吃羊肉的，只是跟你姐结婚后，听说你姐不吃羊肉，闻着羊膻味就呕，我才不吃羊肉的。"我问："你听谁说我姐不吃羊肉的？"姐夫说："就是你们村那个卖羊肉的丁发呀，他一再叮嘱我，'梅子不吃羊肉，你千万不要买我的羊肉呀！'"

说到这里，姐夫很奇怪地问姐："你吃羊肉，怎么不呕了呢？"

我姐什么话也没说，只是挑了一块羊肉，撰到姐夫的碗里。

李莲花的简单爱情

我家在漂城郊区卞仓。他家在大丰。

大丰有个农场，每到农忙季节，远远近近的人都到农场去做工挣钱。父母也带我去了，一家人在农场收玉米。这时，有一个人说："这姑娘挺标致的，给我儿子做媳妇吧。"

我抬起头看，看到了两个男人，一个将近五十岁，一个二十出头。看样子是父子。说话的是父亲。儿子在一旁没吱声，只是看着我笑。

那是我第一次看到他。

晚上，母亲带我去三舅奶家串门。三舅奶家就农场附近。我小时候去过，现在记不清地方了，就跟着母亲走。走到一户人家，进去。我很纳闷，这跟以前来过的三舅奶家一点儿不一样。就在这时，里屋的门开了，他走了出来。他冲我一笑。削了两个苹果，一个给我母亲，一个给我。

坐了一会儿，母亲就带着我出来了。没有去三舅奶家，而是回了农场。

我不知道，这个晚上，母亲是特意带着我来相亲的。

相亲的结果是没有结果。母亲似乎看不中他家，虽然他家的条件比我家要好些。那以后的几周，我再也没见到他。

后来，农场的活干完了，我们离开大丰回了卞仓。

一个月后，我们一家在地里干活，忽然下雨了。我们回家，远远地看到一个人站在我家的廊柱下，雨中看不清楚脸面。到门口打开灯一看，原来是他，浑身精湿。

我们一家就把他让进来。母亲找了一件我哥哥的衣服让他换上。我哥哥的衣服比较小，而他高大，衣服穿在身上，有点儿紧紧巴巴，很滑稽，我不由得笑了一下。他也憨憨地笑。

他睡在我哥哥的房间。我哥哥外出打工去了。

第二天一早，我起来煮早饭。揭开锅盖一看，一锅白花花的米饭。到廊下洗衣服，满盆的衣服泡着。他站在洗衣机前冲我笑。

他在我家住了十天。

十天后，我奶奶说话了。奶奶说："不明不白地，住了十天，别人会说闲话，让他回去吧。"

父亲觉得有理，就跟他说了。他不想走。父亲说："不走不行，有本事你把我闺女娶回去。"他说好，他回去了。临走还看了我一眼，有点儿不舍。

母亲说："这孩子挺勤快的。"

父亲说："这孩子勤快得过了头。"

没过两天，他家就请了媒婆来提亲。父母问我意见。我说："你们看呗。"父母就同意了。

按农村的习惯，他带我到城里买一套衣服。买衣服的间隙，他问我的生日，我告诉他。他又问："你们那里聘礼一般是多少？"我说："我也不知道，我们村里有一个人，聘金是二万八千八百元。"他记住了。

过了几天，他父亲带着他来了。他父亲从兜里拿出一个厚厚的红纸包，打开来，厚厚几沓钱。他父亲说："二万八千八百元，请您点一下。"我父亲就点了一下，正好是这个数，收下了。他父亲又从兜里拿出一个红纸包，打开一看，一个纸条，上面是日期，腊月初八。是结婚日期。我父亲就火了。"今天刚举办定亲仪式，婚期你们就私自定下来了，而且离得这么近，只有一个月时间，你们说什么日子就什么日子呀！"

他父亲慌了，说："这日子不是我们定的，是请小神仙算的。按他们这生辰八字掐算，只有腊月初八是好日子，今年不把喜事办了，那得再挨一年，一年啊。"

他也求我父亲，说："大爷你就答应了吧，我一定会待她好的。"父亲没吱声。他又看我，说："你说句话吧。"我说："我说什么好呀。"这场面很尴尬。他突然给我跪下了，说："你就答应了吧，我会真心对你好的，不会让你受罪的，你不答应我就不起来。"

我也慌了，伸手就拉他，说："嗯，嗯，你起来嘛。"

他起来了，说："你答应了，你说嗯，你答应了，你让我起来，你答应了。"

父亲叹了口气，出了屋子。他父亲赶紧一边掏烟，一边跟了出去。

一个月后，腊月初八，我就嫁到他家。

新婚之夜，我说："以后不许你像第一次到我家那么勤快。"

他说："嗯。"

我说："以后也不能轻易就跪下，男儿膝下有黄金。"

他说："那不是着急吗？"

到现在，我们已经过了十年，孩子九岁了，大丰小学读书。我们过得很好，真的很好。

跟我讲这个故事的，是我们食堂的服务员，叫李莲花。

李莲花说："嘿，作家，这就是我的简单爱情。"

鼓　吏

祢衡的模样怪怪的，与众不同。他身量高瘦，脑袋硕大。离老远一瞧，就好像牙签上挑着一个馒头。他跟别人讲话时，爱晃脑袋，身边的人都揪着心，怕他一不留神，脑袋掉下来，砸着自己的脚。

祢衡的父亲是个生意人，嘴皮子特溜，能把死马说成活马，三年前的陈货能说成刚从枝头采下来的。母亲是个泼妇，擅长骂街，丢根针都要站在门口骂半天。有不服气的就与之对骂，一来一往地辩论。祢母能把没理的说成有理，有一分理讲出八分理来。祢母有个外号，叫"千嘴不败"。

祢衡九岁那年，隔壁搬来一个新邻居。那几年，祢衡家的邻居经常换，都受不了祢衡母亲的气，搬家图个清静。祢衡家的新邻居可不比以前的那些人，主妇也是一个会吵架的，外号叫"万嘴不败"，把祢衡母亲说得张口结舌，只有大口喘气的份儿，接不上半句话来。

起初，祢衡的母亲感觉遇到了对手，精神百倍，愈战愈勇，可是老打败仗，就很郁闷，渐渐地，精神就有点儿分裂，回到家就欺负丈夫。可丈夫经常不在家，只好拿祢衡解恨。

她把儿子叫过来，骂："你将来一定当大将军，把某某家满门抄斩，一个不留，不然，我就打死你。"拿着擀面杖就打。她不是像一般父母那样打儿子的屁股，那块软和，打不坏，她是敲祢衡的脑袋，一打，咚咚咚，很刺激。关键是，打着打着，她把祢衡的脑袋当作邻居家的脑袋了，越打越有劲。久而久之，祢衡的脑袋越来越大，经常有炸裂的奇异感觉。

祢衡到了十五岁，父母都死去了。光靠读书已经不能生存。他找了许多工作，都待不下去。他继承了母亲的传统，会骂人，骂得咬牙切齿，跺脚捶胸，欲死欲绝。这样的人谁敢要！就失业了。

这一天，路过县衙，忽听得咚咚的擂鼓之声。他大叫："我终于找到我喜欢做的事情了。"找县太爷，想学打鼓。县太爷是个慈善家，喜欢做公益事业。知道祢衡是个孤儿，无处安身，可怜他，就收留下来，让他跟鼓吏老李头学打鼓。

祢衡击鼓，很有激情，手使着鼓槌，先是一下一下地敲，渐入佳境，到疯狂击打。他的眼前时而是母亲手拿擀面杖的情景，时而是大河奔流，时而万人大合唱，时而万马奔腾。

一场鼓下来，往往是大汗淋漓，如骂了一次架，好不痛快！

白天击鼓，晚上读书，一直到了二十岁。那一年，老县令退休，新县令看不惯祢衡，把他辞了。祢衡临走时敲着鼓把新县令骂了一通，把县令骂得狗血喷头。新县令想，奶奶的，疯子嘛！

祢衡不想待在这小地方，他云游天下，最后到许昌，在孔融的引荐下见到了曹操。

当时，曹操正在相府里大宴宾客。祢衡进来，把在场的人都惊呆了。他穿的是百衲衣，跟丐帮帮主似的。他大摇大摆地走进大厅，谁也不搭理，在主宾席上一坐，开始大吃大喝起来。他这一坐，那桌上的都吓跑了。

曹操说："祢先生，你不是擅长打鼓吗？你为我充当一回鼓吏吧。"

敢情，曹操已经把祢衡的老底都摸清了。

没想到，祢衡欣然应允。

宫廷礼仪对鼓吏的衣着要求很严格，祢衡这身破行头是绝不能击鼓的。曹操就让人给他换上鼓吏的标准行头。祢衡起身，缓缓褪下身上的百衲衣，一丝不挂，玩起了裸体艺术，然后再徐徐换上新的装束。

宾客们都转过脸去，不看这污浊之体。

祢衡举起鼓槌。

咚，咚咚，咚咚咚……

鼓点声落，愈密愈急。祢衡在台上愈发癫狂起来。愤怒像暴雨一样，倾盆而下，浇打着他的前世今生，激发着他的反抗与仇恨。随着鼓点与暴雨，他破口大骂，骂声中，一切世界都颠倒，眼里突然一片阳光明媚、太平盛世景象！当最后一声鼓点落下，鼓面上立时破了一个大窟窿，一道白光冲上屋顶，祢衡扔了双槌，浑身精湿，长发飘散，面白如纸。厅堂里一片死寂。

曹操呆了。

文武官员也呆了。

自出世以来，曹操指挥千军万马，征战四方，历经大小百余战，耳边充满了各种声音，杀声震天，战马嘶鸣，战鼓声震天响。他已经习惯了这些声音，甚至迷恋。这些声音，使他镇定自若，使他豪情万丈，使他胜券在握。即使在相府的睡梦中，他也常常听到这些声音。梦中有了这些声音，他才能睡得实，睡得稳，甚至会流淌出微笑来。可是，没有一种声音能像今天的鼓声具有震撼力，使他恐怖万分，仿佛有两个凶恶的天神拿着金色的钝器在他头上猛击，使他头颅绽开，灵魂出窍，他发出一声绝望的吼叫，昏厥于地。

在众人的喊叫声中，曹操才醒转来，从幻想中回到现实中来。他知道今天自己算是彻底失败了。他自嘲：本想羞辱一下祢衡，却偷鸡不成蚀把米，反被其辱，哈哈。曹操便命令祢衡："好了好了，退下吧。"祢衡站立不动。曹操命两名虎贲卫士，准备良马，将祢衡架下厅堂，"请"出许昌。

……

第二年秋，祢衡被江夏太守黄祖所杀。

"大脑袋"送到许昌，曹操叹了一口气："唉，可惜呀，可惜你一脑袋学问！"

曹操对手下文武官员说："一个人若有十分才能，却不能发挥出一分来，倒不如一个有一分才能的人倾其一分才能，有益于国家和社会。还有一点，就是方向问题，一个人不能站错队，一旦站错队了，就全玩完了。像祢衡这样的人，脑袋再聪明，学问再大，也是个废物。大家说是不是啊？"

众人齐声说："是，是。"

胡车儿

胡车儿是张绣府中的死士。此人力能举鼎，豪饮不醉。

曾经和张绣在府中饮酒。饮酒数升，张绣大醉而卧，而胡车儿谈笑风生，仍然大吃大喝。喝得多了，就起尿。胡车儿撕了一块鸡腿，咬在嘴里，晃晃荡荡出来小解。正逢三名刺客潜入府中行刺张绣，被胡车儿发觉。胡车儿双掌齐出，啪，啪，击倒两名刺客。还有一名刺客见势不妙，转身就跑。胡车儿不急，将嘴里的鸡腿慢慢地嚼，连骨头一起嚼碎了，咽下。这才握住地上一名刺客的脚跟，提起，奔出，对着远处的脚步声一抖手。这家伙，嗖，呼啸而出，砰，一声钝响。胡车儿转身回屋，继续饮酒，若无其事。

天明，张绣睡醒，出来看到门外横陈一具尸体，不由大惊失色。胡车儿说："没啥，门外还有两个呢。"张绣命军兵去看，回来说没有。胡车儿说："再往前找。"往前找了三百米远，果然找到了。两个家伙头对头，皆脑浆迸出。胡车儿这才讲明昨夜之事，张绣挑双指称赞道："真乃勇士也！"

曹操进军宛城。张绣在贾诩的建议下开城投降，并将曹操接进帅府畅饮。席间，张绣见曹操身后站立一人，身高过丈，赤发虬髯，威风凛然，就问："请问丞相，身后站立者莫非是典韦将军吗？"曹操说："正是。"张绣起身，满了一杯酒，来到典韦跟前，说："张绣久慕将军威名，今日得见，三生有幸，请将军接受张绣敬酒。"典韦按剑而立，不发一言。张绣又说了一遍。典韦仍不答。张绣很尴尬，一时不知是进是退。

一旁恼了胡车儿，拔剑而起。典韦也不示弱，冲到当中。二人当场争斗起来，从屋中斗到院中，从院中杀到街上，将在场众人惊得目瞪口呆。好半天，曹操才醒悟过来，出来大声喝住典韦，那边张绣也喝住胡车儿。二人将剑还入鞘内，回到屋中，继续饮酒，如无事人一般。

曹操问："张将军，此位是谁呀？"张绣说："我的好兄弟，胡车儿。"

"噢，"曹操点头，"难得张绣帐下还有这等英雄，能与典韦一争上下。可惜了，可惜了啊。"

回到驿馆，曹操对典韦说："胡车儿当世英雄，我很爱惜他呀，如果他能与你一左一右，护佑老夫，该有多好呀。"典韦点头："胡车儿确实是个英雄。"曹操叹息不已。

第二天晚上，张绣又请曹操饮酒，只让胡车儿陪侍。曹操也只带了典韦赴宴。曹操和张绣坐在上席畅谈。典韦和胡车儿在下首畅饮，酒一碗一碗地喝，感情越喝越厚，大有相见恨晚之势。

曹操对张绣说："既然二人如此脾性相投，不如让他们结为异性兄弟吧。"

张绣点头。

典韦遂与胡车儿来到院中，焚香对天而拜："不求同年同月同日生，但求同年同月同日死。"

拜毕，回屋中继续畅饮。

曹操在城里待得寂寞，受不了诱惑，将一个女人带到城外营中耍玩。如果是一般的女子也就罢了，可这个女人是张绣的婶娘邹氏。张绣以此为名谋反，就在当夜动手。可是畏惧典韦的勇猛，就对胡车儿说："今天晚上，你约典韦饮酒，一定要将他灌醉。"

胡车儿来到典韦大营。典韦说，他要时刻保护丞相，不能离开军营，更不能进城。胡车儿就带了酒菜来到典韦营中。典韦不敢做主，来报告丞相。曹操很高兴，说："明天我就要离开这里，回许都了。你要设法留住胡车儿，最好把他灌醉，绑架他一起回许都。"典韦领令而出。曹操自在营中与邹氏饮酒作乐。

典韦与胡车儿摆下酒场，开怀畅饮起来。两人各怀心事，尽在酒碗中。你来我往，两个从未喝醉过的人，都醉了，各枕着自己的膀子，睡去。

隐隐约约，典韦听到外面传来奇怪的声响。他睁开眼睛，挣扎着站起，走出帐外。外面的混战已经开始了。有一个士兵跑过来，叫："将军，张绣反了，快去保护丞相。"典韦赶紧向丞相的大帐跑去。可是，他的腿很软，全无以往的气力。

这时，张绣带着人马冲杀过来。典韦这才想起，双戟还在自己的营帐中。他想回去拿，来不及了。他顺手操起一把战刀，连砍敌将数十人。刀太轻了，不称手。典韦扔掉刀，一手操起一名士兵，抡向敌阵，砸死了许多敌兵。可是因为他喝多了酒，手脚已经不听使唤，身负重伤，最终支持不住，轰然倒地。

张绣的人马在短暂的停顿——因为畏惧而不敢上前——之后，绕过典韦的尸身，冲进了曹操的大营。此时，曹操已经在众将的保护下，骑上"绝影"宝马，跑了。

张绣好一阵追杀，直将曹操追杀到淯水河边。

张绣领着军队得胜回城，这时他看见胡车儿抱着典韦，迎面而来。

张绣的军队默默地闪出一道人墙。胡车儿穿过人墙，在淯水河边停住了脚步。

胡车儿用自己的双手刨了一个坑，将典韦放在里边。然后大吼一声，挥拳猛击自己的额头。

张绣下马，跌爬在坑边。三军皆默然跪伏于地。

此时，晨曦初露，河面上烟雾浓厚而低沉。

......

数年后，张绣又投降了曹操。

曹操问："你手下的那员勇将胡车儿呢？我想带他回许都。"

张绣把曹操带到淯水河边，那里有一座墓，上书：烈士典韦胡车儿之墓。

"我已失去猛将典韦，为何又失去胡车儿？"曹操潸然泪下。

青龙刀末路

青龙偃月刀,别名"冷艳锯"。刀长九尺五寸,重八十二斤,刀身镶有青龙吞月图,其势生动欲飞。

关公在罗汉峪遭遇伏击。吴军的长钩套索齐出,赤兔马屈蹄而倒,关公翻身落马,青龙刀被甩在一旁。吴将马忠率人上前缚住关公,牵住战马。有一小校奔来捡刀。刚到近前,忽青龙刀腾空而起,风起刀落,来人犹作站立状,然头已落地,一腔血喷出,溅在近前将校的面上,仿佛映着朵朵鲜艳的梅花。众将校顾不得擦拭脸上的鲜血梅花,执着关公父子,骇然而退。

青龙刀在冰冷的山坡里静躺着,好像一个疲倦至极的斗士。其时,朔风凛凛,白雪霏霏,山川肃穆,树木无语。三天后,青龙刀破雪而出,在晦暗的天空中,开始了它艰险的旅行。它行走的轨迹,拖下一道长长的冷月之光。地上无数百姓跪拜雪中，祈祷着异象和战争一起消失，他们能停止流浪，回到故土，安居乐业。

青龙刀潜入敌将马忠的营中，它想为主人报仇雪恨。一道紫光横在帐前，使它不能突入。徘徊不定中，在马厩旁遇到了老伙伴赤兔马。这个曾在战场上如活虎生龙的宝马良驹，已经绝食数日，奄奄一息。赤兔马强打精神，留下最后一言：何不去联合张飞将军的丈八蛇矛，来为主人复仇。说完，赤兔马长嘶一声而亡。

青龙刀化悲痛为力量，在黑夜中向西川飞行。一路上，它遇到了意想不到的阻击。首先是砍山刀的偷袭。当年，砍山刀的主人华雄，曾被关公斩杀。关公由此威震乾坤，为诸侯侧目。砍山刀躲在树后，呼啸而起，砍向青龙刀，它的气势足以使天摧地塌岳撼山崩。青龙刀敏捷地侧身躲过。旋即回身，致命一击。砍山刀顷刻间被折为两截，刀头和刀柄恋恋相望，虽近在咫尺，却再也不能连接。青龙刀并不回首，昂然继续它的行程。

正向前行，忽见天色昏暗，黑云蔽日。原来是以颜良的三亭刀、文丑的金背刀为首，召集五关守将、庞德七军的兵器，组成联军，汹汹而来。青龙刀圆睁龙目，双耳乍开。隆隆的战鼓声骤然响起，惊心动魄的一幕幕又在眼前浮现。英雄、宝马、神刀的奇妙组合，使多少勇将在呼吸之间身首异处。青龙刀从辉煌记忆中清醒过来，抖擞精神，长啸一声，冲入敌阵，如劈波斩浪。转眼之间，无数断铜废铁如冰雹纷然而落，砸坏了地上无数的树木庄稼。

青龙刀突破重围继续行进。几番劫杀更加深了为主人复仇的欲望。在一个血色苍茫的黄昏，终于见到它的兄弟丈八蛇矛。其时，丈八蛇矛也正处于失去主人的悲痛中，张飞已经为部将范疆、张达所害。青龙刀真想抱住兄弟痛哭一场，然后说出联手报仇的计划。没想到丈八蛇矛却冷目以对。青龙刀不解，问："矛弟这是何故？"丈八蛇矛怒道："我主人的武艺并不在你主人之下。可只因为你主人为兄，我主人为弟，我主人总要让你主人一步。你主人为五虎上将之首，而我主人非要屈居于你主人之下。你主人镇守荆州要地，我主人只是小小阆中太守。正因你主人比我主人高上一头，我也要处处矮你半截，尊你为兄。俺心中郁闷久矣，如今，你我主人俱失，正好比试高低，有个公断！"言毕，丈八蛇矛不容分说，一道白光闪过，将矛头直刺青龙刀的龙眼。青龙刀大怒，回刀劈向丈八蛇矛。龙来蛇往，战了一个时辰。青龙刀无心恋战，怯阵而逃。

青龙刀独自飞行了许久，渐悟到自己的失败是远行疲惫的结果。它决定跟丈八蛇矛再次决战，以泄心中之恨。就在它满脸杀气掉转身形再次向阆中挺进之时，忽听身下有人呼唤："青龙刀今欲何往？"青龙刀低头，见一老僧在下面山上静坐。青龙刀认得是镇国寺长老普净，当年他曾救过主人的性命。青龙刀就将关公遇害之后的是是非非，一并说了。普净大笑："青龙刀差矣！昔是今非，一切休论，后果前因，彼此不爽。你主人为吕蒙、马忠等人所害，和颜良、文丑等人为你主人诛杀，皆为天命，非关人事。你与丈八蛇矛本为一堆铜铁，毫无干系，何来怨仇！怨由心生，仇为利结，怨仇缠绕，何有穷尽！"

青龙刀闻言顿悟。谢过法师，惊慌慌地转身向相反的方向飞行。行不多远，它的龙眼里开始流血，先是华雄之血，然后是颜良文丑、五关守将、蔡阳等的血。紫红的血呀整整流了三天三夜。当龙眼里最后一滴血流出，青龙刀杀气顿失，猝然落地，断为数截。正好有几个农民路过，捡拾起来，要带回去改装一番，以备砍柴切菜之用。

草　鞋

甘夫人是蜀汉昭烈皇帝刘备的第一夫人。

故事开始时，刘备不是皇帝，也不是将军，而是个"织席贩
履"的个体户。天天编织草鞋草席，到城里叫卖。

闲下来的时候，刘备爱裸身仰躺在自织的草席上睡大觉。
他把两只长过膝盖的手臂环抱在胸前，肥大的耳朵舒展在席
面上。他睡得很孤独，孤独的梦里洒下一片月光。月光下堆聚
一团雪，白得晃眼的雪。他抱着那团雪，里里外外都沁透着
凉意。刘备就笑了。一笑，耳朵"突突"颤了一下。

一颤而醒来，那月光下的一团雪就碎碎地涸在一堆梦里了。

刘备伸了个懒腰，起身，穿衣，挑着草具到涿县城里沿街
叫卖："草帽草帽，谁要草帽？草席草席，谁要草席？"喊了三声，
忽听对面的阁楼传来女声相和："草席草席，我要草席！"刘

备抬头观看，眼睛一亮。阁楼的窗口，一女子正向他微笑、招手。

这女子面皮白皙，如玉，似雪。

旁边有一个丫头，探身从窗口吊下一只篮子来，篮中有钱。刘备就取下钱，将草席放在篮内。丫头就将篮子摇了上去。

后来，刘备打听到，这女子姓甘，涿县有名的富户甘老财的女儿。

刘备的心跳跳的，暗想，我要是能跟这样美貌的女子同床共枕，不枉此生！

刘备就天天挑着草具担子，在阁楼下转悠，吆喝："草鞋草鞋，谁要草鞋？"

只为听一听甘小姐的莺声，睹一睹甘小姐的玉容。

春天里，甘小姐患病了。一种怪怪的病。玉体不能着衣，一着衣就头晕目眩，奇痒无比。

一个如花女子，就成天躺在阁楼的草席上，不敢出门。

急坏了甘老财和甘太太，成天在府里打磨磨。

一个夜晚，刘备来到甘府，放下担子，对甘老财说："我能为小姐看病。"甘老财疑惑地打量刘备，心想，我女儿的病，只有府上的几个人知道，他一个卖草鞋的怎么听说的？甘老财还有点儿为难：如果让他去看了我的女儿，我女儿日后怎么嫁人？

甘老财犹豫了半天，觉得还是女儿的性命要紧。便指着月光下的小阁楼说："我老婆陪着我女儿在那里，你去看看吧。"

刘备"嗯"了一声，就阔步上了小楼。到窗口，他停留片刻，目光准确地定在那张挂着绡帐的小床上。梦中的那团雪就很自然而现实地堆聚在那里。刘备呆立着，血液如水，静了片刻，又急速上涌，陡地又凝住了。

门"吱呀"哼了一声。"刘掌柜，请进吧。"老甘的女人倚在门边上唤他。

刘备如梦方醒，心一跳一跳地穿门而入。

床，绡帐，那团雪，很静。

望，闻，问，切。刘备扭身对甘太太说："你女儿的病很重呀，她的体内滋生了一种毒素，要把这种毒排出来，才能好。而排毒只能用我的草鞋。我的草鞋经纯中药炮制，有调阴和阳，温中理气，排毒养颜之功效。"

刘备又说："她必须每天换一双我的鞋，百日之后方能穿衣。"

女人说："你把一百双鞋带过来，让我每天给她换吧？"

刘备很严肃地说："不行，穿鞋很有讲究的，你看，这鞋中有许多绳结，每个绳结须对齐一个穴位。不然，影响疗效。而且还要及时调节室温，谨防感冒。"

女人咧了咧嘴："刘大夫，费心了。"

于是，每天晚上，刘备就踏着月色，来为甘小姐换鞋。百日之后，甘小姐的病一好，就进了刘备的门，成了甘夫人。

刘备躺在草席上不再孤独。每天晚上，用长长的胳膊拥着洁白细润、神态娇媚的甘夫人，像拥着一团雪，清凉舒畅、心满意足。

刘备问:"你说,你怎么会看上我这个卖草鞋的穷小子了呢?"

甘夫人说:"感觉吧,跟着感觉走。那天,我一听你的声音,心中就怦然一动,再看你的相貌,特别是你的长胳膊和大耳朵,我的心里又是一动。我就想,不得了,这家伙将来能做皇帝呢!"

甘夫人又揉捏着刘备的肉乎乎的耳朵说:"哎,你当初怎么就想到那个主意了,让我装那种不能穿衣服的病,瞒哄我父母?"

刘备严肃地说:"我是要做皇帝的。皇帝,你知道吗?就是得到整个天下。一个能得天下的人,连一个心爱的女人都得不到手,岂不让人笑话!"

甘夫人将刘备的大耳朵狠狠地拉了一下,嗔道:"让你吹,吹,吹。"

刘备说:"别闹了,睡吧。"

甘夫人就偎着刘备,很幸福地眯起了眼睛。

玉　人

刘备娶了甘夫人，一个月没上城里卖鞋。两口子成天在草屋中嬉戏。

一个月后，在甘夫人的催促下，刘备又挑起担子，进城卖鞋。

忽一日，刘备回来，对甘夫人说："我要带着我刚结识的关张二兄弟去打天下了。"刘备说完这句话，再也不去卖草鞋，而是窝在家里，连睡了几天大觉。

甘夫人问："夫哇，你说要去打天下，怎么还不动身？"

刘备摇头叹息："我们三兄弟已经分好工，关二弟负责招募兵勇，张三弟出资购买马匹，而我则回村筹集款项打造兵器。可是，我没钱呀。"

甘夫人笑了，她从床下搬出一个箱子来，打开，说："这里面都是娘家陪嫁来的金银珠宝，你快拿去变卖了，多请些铁匠打造兵器。"

刘备很欣喜，立刻搬着箱子出门了。

几日后，兵器都打造好了，并且被偷运到城里去了，可刘备仍窝在家里不走。关张兄弟几次派人来催，刘备只是不听。甘夫人又奇怪地发问："夫哇，都准备好了，怎么还不动身呀？"刘备说："夫人，我舍不下你呀。"甘夫人的脸沉下来了，说："一个有志于天下的人，却沉湎于女色，算什么英雄！"

刘备如梦方醒，万分羞愧，从墙上摘下双剑，转身就要出门，甘夫人却拦住了他。

甘夫人从床底下又掏出一个小箱子来，开锁，从箱子底层小心翼翼地抱出一个包裹来，放在床上，层层展开，屋里一片敞亮。原来是一个玉人。这玉人，洁白细润，玲珑剔透，十分精美。

冷眼一看，玉人的模样酷似甘夫人。

夫人说："这是我当初出嫁时，我的一个姐妹特意为我雕做的陪嫁之物，你带着吧。你见着玉人，如见贱妾。"夫人还拿出两把钥匙来，说，"一把给你，另一把我留着，如果有一天你混出名堂来，就将这箱子锁好，命人送来，我见着玉人，立即登程去会你。"

刘备欣喜若狂，怀抱装着玉人的小箱子，策马而去。

十年后，刘关张，桃园弟兄，历经苦难，终于在荆州立住脚跟。

刘备命一员心腹偏将带着装有玉人的箱子去楼桑村请甘夫人。多年来，玉人一直不离刘备左右，陪伴刘备度过多少不眠之夜。

虽然那时，刘备又娶了糜夫人，但刘备对糜夫人的感觉不太好。刘备更喜爱甘夫人，喜爱甘夫人的雪一样的白，水一样的柔。

那偏将马不停蹄，赶到楼桑村，见到甘夫人。他从马背上将箱子取下，递上。夫人到屋内，闩好门，打开锁，端详着静卧在箱内的玉人，夫人落泪了。她连夜收拾行装跟随偏将赶奔荆州。

见到甘夫人，刘备喜出望外。

从此，每及夜间，刘备左边搂着甘夫人，右边搂着玉人，十分自在。

手下人知道刘备的这个喜好，纷纷向他进献玉人。一个比一个大，一个比一个逼真。刘备很高兴，重赏这些人，将玉人陈列在卧室里。

玉人越来越多，卧室里放不下了，刘备就腾出一间房子来，专门陈列这些玉人，并让三弟张飞题了"玉雪斋"的斋名。张飞是当时著名的书画家。

玉雪斋的玉人只供刘备在白天工作之余观赏解闷，晚上他仍然要搂着甘夫人的玉人把玩。

但让刘备意想不到的事情发生了，玉雪斋在一天深夜突起大火，火势很猛，抢都抢不下。兵士们只是象征性地向大火上泼了几盆水，便不敢进前了。

刘备大怒，要追查纵火犯，但被甘夫人拦住了。甘夫人说："这些玉人不过是个玩物，玩物丧志呀。您曾说过您的志向是得到天下，所以您的心思不能用在这些玉人身上呀。"

刘备觉得有理，就把这事放在一边。

可没几天，甘夫人的玉人也丢失了。刘备很生气，要惩办所有侍女。还是让甘夫人拦住了。甘夫人跪在地上说："玉人是我弄丢的，将军还是先责罚我吧。"

刘备怎么能责罚甘夫人呢？刘备赶紧将甘夫人扶起来。甘夫人接着说："春秋时有个叫子罕的大官，别人送给他一块玉，他坚辞不受。他说，'你们把玉当作宝贝，我却把不接受玉当作宝贝。'愿将军勿要以玉为宝，而是以天下为宝。"刘备拥着甘夫人，说："善哉，夫人之言！"

刘备就一心一意与他的战友们去雕琢天下这块美玉了。

公元某年，甘夫人病故，悲痛万分的刘备在床下面，发现了当初丢失的玉人，恍然大悟。

又过几年，刘备将孙权的妹妹孙尚香带到荆州。孙夫人发现新房的床上放着一个玉人，很奇怪，让侍女们将玉人撤下。刘备说："不能撤，这是甘夫人。"

刘备左手拥着孙夫人，右手抱着"甘夫人"，仿佛又回到多年前，仰卧在草席上，做着一个梦，梦中有月光。

月光下，一团雪。